秘めし恋、燃ゆ

〜大正浪漫ジュリエット〜

★

ルネッタⓁブックス

CONTENTS

Lunetta

プロローグ

雷が鳴っている。遠く、近く、天啓のような閃光《せんこう》を次々に追いかけて。

軒からの雨垂れは、先刻より勢いを増しただろうか。地面をしたたか打つ水音を、小夜《さよ》はまるで分厚い緞帳《どんちょう》の向こう、舞台の上の見せ物のように感じていた。

「……痛い？　それとも、怖いかい」

心配そうな瞳が、真上から覗《のぞ》き込んでくる。

「こ、わい……怖い、です」

大丈夫だなんて、とても言えない。

まるで、破滅への道だ。父親同士、いがみ合ってきた一族だ。こんなこと許されるはずがない。それなのに、やめて、と突き放してしまえない自分を理解できない。

「僕も、怖いよ。怖くないはずがないだろう」

「柳之助《りゅうのすけ》さまも……？」

「そう。それでも、きみが欲しい」

額、こめかみ、頬へと、熱い唇が伝い落ちていく。おずおずと、しかし罪深くも小夜は甘い歓喜に心を揺らしていた。そうだ。欲する気持ちは、小夜だって変わらない。

目もとを覆っていた左手を退かせば、慈悲を乞う瞳を見つけた。

西洋人形の如く端整で、幾度も視線を奪われたまなざし。

「欲しいんだ、さよちゃん」

やがて、止まっていた脚の付け根への愛撫が再開する。

柳之助の指が前後するたび、細い刃物を突き立てられているような痛みが走る。歯を食いしばりながらも、小夜は込み上げる愛おしさを噛み締める。

たったひと月、されど、ひと月――。

柳之助が語る異国の話は、どんな物語より鮮明で、甘く、胸が躍るような夢を小夜に見せてくれた。彼の前では、小夜は背中に羽が生えた気になるほど自由だった。

(こんなわたしでも、何かを為せると信じていい……?)

優しい口づけに瞼を閉じると、赤いリボンが頭の上ではらりと儚《はかな》く解けた。

1　図書室の妖精

七月、石蕗《つわぶき》小夜は十八になった。

小石川《こいしかわ》に建ち並ぶ武家屋敷の中でも、ひときわ大きな邸宅に住む末娘である。朗《ほが》らかで色白な器量よし、加えて実家が裕福となれば嫁として引く手数多《あまた》のはずなのだが、彼女に限っては高等女学校を卒業しても、婚約すらまだなのだった。

「小夜、小夜っ」

揚げ出し豆腐に生姜《しょうが》を添えていた小夜は、呼ぶ声に気づいて手を止める。一緒に土間に立っていた女中も三人、作業をやめてぱっと振り返った。

野太い声の主はどかどかと廊下を踏み鳴らし、肩を怒らせてやってくる。

「どこにいる。まさか、また立ち働いているのではあるまいな！」

枯葉色の背広に身を包んだ髭の紳士――石蕗家の当主、敬《たかし》とは彼のことだ。への字に曲がった唇に、警視庁の幹部らしいいかめしい髭。釣り上がった眉はピクピクと震えていて、小夜は菜箸を落としそうになる。

「……お、お父さまっ。おかえりなさいませ……っ」

まずい。怒っている。

こんなに早く帰ってくるとは思ってもみなかった。父が帰宅する前に切り上げるつもりだったのに――と思っても後の祭りというものだ。

「おかえりとは呑気《のんき》な。小夜、おまえ、ここで何をしている」

「その、お食事……の、お支度の、お手伝いです、お父さま」

「そんなことは言われんでもわかっておる。今日は寝ていろと言ったはずだ。昨晩、熱を出して倒れたのを忘れたのかッ」

「い、いいえ、まさかっ」

もちろん、しっかり記憶している。

昨夜、食後に気分が悪くなって朝まで寝込んだ。昼間、半日かけて親戚宅を訪ねた疲れが出たのだろう。しかし今朝には熱も下がったし、気分もよくなった。

もう寝ている必要はないと思ったから、起き出したのだ。

「ですがお父さま、わたし、無理はしていません。重いものなど持っていませんし」

事実を述べただけなのに、父はカッと見開いた両目に怒りを宿らせる。

「親に口ごたえをするでない！」

「ひっ、も、申し訳ございませんっ」

「おまえは何もしなくていい。いつもそう言っているはずだっ。少しでも無理をすれば、寝込む脆弱《ぜいじゃく》な身体なのだ。己のことだけ考えておれ！」

そうだ。父の言うとおり、小夜は身体がすこぶる弱い。

不治の病とか、寝たきりとかいうわけではないのだが、とにかく無理が利かない。

自宅の塀の周りを、ちょっと駆ければ起き上がれなくなるほど。だから、嫁の貰い手がない。

誰だって、元気でよく働き、よく産む嫁が欲しいに決まっている。

「家長の言いつけを守らなかった罰として、明日は外出禁止だ」

「……えっ!?」

「えっ、ではない！　そのように反抗することばかり覚えおって、ご先祖さまに申し訳ないと思わんのかっ。おまえのお祖父さまはな、御一新《ごいっしん》の頃、賊軍となるも北越にて戦い抜いた英傑だっ。それなのにおまえときたら――」

泡を飛ばして激昂する父は、こうなったら最後、小夜の言い分など聞いてくれない。

(明日こそ、外出できると思ったのに……)

毎日、二時間ほどの外出は、小夜のなによりの楽しみだ。

在学中にも寝込むことの多かった小夜には、わざわざ訪ねてきてくれる友人などいない。縫い物などはすぐに終わってしまうし、大衆が読む雑誌は父が『低俗だ』と言って持ち込みを許してくれない。籠《こも》りきりでは、楽しみなどないのだ。

「あなた、もうそのへんでやめてやってくださいな」

そこに、追って現れた古典柄の着物の婦人は、母の唄子《うたこ》である。

父が猛攻のごとくお勝手までやってきてしまったから、玄関で出迎えそびれたのだろう。背広の上着を、さりげなく脱がせながら穏やかに言う。

「小夜だって、悪気があったわけではないのですよ。みっちゃんが身重《みおも》でしょう？　だから少しでも負担を減らしてあげようって、頑張ってしまったのだと思います」

みっちゃん、というのは長兄の嫁であるみつのことだ。現在、第一子を身籠り七か月、順調に腹が膨《ふく》らんできている。

「お母さま……」

てっきり助け舟を出してくれると思ったのに「でも」と母は低く言う。

「勝手に布団を抜け出すのは感心しないわね。次は、母に声を掛けなさい」

「……はい」

声を掛けたら掛けたで、許可など下りない。どうせ禁じられるだけだということを、小夜は知っている。夫婦は似るものらしいが、昔かたぎの厳しさは、まるきり父と同じだと小夜は思う。

「なんだなんだ、騒がしいな」

そこに、黄土色の軍服に身を包んだ若い男がやってくる。長兄の一太《いちた》だ。

父に気づき「ただいま戻りました、父上」と一礼する姿からは、陸軍少尉としての誇りと自信が滲《にじ》み出ている。

「今日はもう訓練はいいのか、一太」

「ええ。航空部の友人に誘われて、午後から三宅坂の新庁舎へ行って参りました」

「我が石蕗家の誇りをかけて、しっかりやるのだぞ、一太。なにしろおまえのお祖父さまは――」

「御一新を戦い抜いた英傑、でしょう。毎日聞いておりますから、すっかり覚えましたよ。お祖父さまが命懸けで、新政府軍と戦ったこと。裏切り者の片目を刺して報復なさったことも。その堂々たる戦いぶり、武士としての魂《たましい》は、私の中にも生き続けています」

「ふむ、よろしい。おまえはなかなか骨のある男に育ったな」

「ありがとうございます。父上のご指導のおかげです」

敬礼して答えた一太の目は、徐々に呆《あき》れたものになり、土間にいる小夜に向かう。

「お小夜、おまえまた、父上のお言い付けを破ったのか」

「ま、またただなんて！　そんなにしょっちゅう勝手をしているわけじゃ……」

「言い訳はやめろ。見苦しいぞ」

「……」

「家族のために働きたいという、おまえの気持ちはよくわかる。だが働くよりもまず、父上と母上を安心させて差し上げろ。俺だって、可愛い妹が知らないところで無理をしているとあっては、訓練に身が入らなくなる」

というのは半分嘘だろう。根っから軍人の一太が訓練を疎《おろそ》かにするわけがない。しかし、一太が妹である小夜を溺愛していることは事実だ。十も年下なので、赤ん坊の頃からよく面倒を見てくれたそうだ。

家族皆から、大事に思われている。

それがわかっているから、小夜は詫びるしかなくなってしまう。

「申し訳ありません……」

「わかればいいんだ」

そこにみつが、慌てた様子でやってくる。父同様、一太もまた、帰宅するなり上着も脱がず小夜を探して台所までやってきてしまったらしい。

申し訳なさそうなその姿を見て、小夜はすごすごと板の間へ上がった。身重のみつの代わりに小夜が立ち働いていたなどと、みつに思わせたくなかった。

大人しく部屋に引き揚げようとしたところで誰かとぶつかりそうになった。

「おや、小夜じゃないか」

「秀《しゅう》兄さま！」

眼鏡を掛けた白シャツ姿の秀二《しゅうじ》は、石蕗家の次男だ。

小夜よりふたつ年上で、医学生である。軍医を希望していて、一太同様長身ではあるが、一太ほど身体つきはがっちりしていない。が、その眼力の強さは父譲りだ。

「なんですか、一家勢揃いで」

そう言って家族を見渡したあと、察したように小夜へと視線を戻す。

「さては小夜、布団を抜け出したね？」

「……どうしてわかるのですか……」

「花嫁修業がしたかったのだろう？　小夜も年頃だからね。焦《あせ》る気持ちはわかるよ。しかしお父さまの言いつけを破るのはよくない。そうして小夜が茜《あかね》のようになるのを、お父さまは懸念していらっしゃるんだから」

秀二、と一太が弟を咎《とが》める。しまったとばかりに、秀二は口を押さえた。

茜の名は、父の前では禁句だ。

石蕗家の第二子にして長女である茜は、現在この屋敷にはいない。

頭の回転が速く、優秀だった茜は、この家の古めかしいしきたりに馴染めず、女学校卒業とともに勝手に就職、そして勘当されてしまったのだ。小夜は姉のことが好きで、その自由奔放さにも憧れていたけれど、今では三か月にいっぺんほどしか会えない。

「……まったく、あの放蕩娘め！」

案の定、その名は、収まりつつあった父の怒りの新たな火種となった。

「結婚もせず、女だてらに働くなどと。女は生意気に自立などせず、男に付き従って子を産み育てていればいいのだッ。しかもその就職先が、よりによって百貨店ときた。あの新政府軍に寝返った裏切り者、久我原《くがはら》伯爵家御用達のだ。どうかしている！」

「あなた、落ち着いてくださいませ」

「落ち着いてなどいられるかッ。こうしている今も、茜は久我原の人間にへこへこと頭を下げておるかもしれん。裏切り者の身にもかかわらず、久我原は華族！　伯爵だと！　まったくふざけておるっ。いいか、おまえたちは決して、久我原への恨みを忘れるな！　まかり間違っても、縁続きになどなるでないぞ！」

久我原への恨み——というのもまた、父の口癖だ。

祖父は江戸の頃、とある大名家に仕える家老のひとりだった。

しかし御一新期に久我原家率いる某藩に裏切られ、主《あるじ》ともども苦境に陥ったという。

仕返しに片目を奪ってやった、という祖父の武勇伝も含め、小夜は聞き飽きるほど聞いた。

(ご先祖さまがいて、わたしがいる。だから久我原家への恨みは理解できるわ。でもお姉さまの話は別よ。ご立派に仕事をなさることの、何がいけないというの？)

はい、と率先して答えた兄に続き、小夜もしぶしぶ頷《うなず》こうとする。しかしちょうどそのとき、タイミング悪く「けほっ」と咳き込んでしまった。

「小夜、大丈夫？」

「お、お母さ……ゲホッ……」

やけに煙い。もしや魚が焦《こ》げているのでは、と火のほうを見たが、そんなことはなかった。

煙は、外から入ってきているのだ。隣家の庭で焚き火をしているのだ。

春夏秋冬、季節を問わず、隣人は不用品を火にくべる。

台所は隣家の庭に面しているから、常々この煙には難儀しているのだ。

「そら見たことか」

しかし父は、鬼の首を取ったように言う。

「無理をした所為《せい》に決まっておる。明日は部屋で寝ていなさい。わかったか」

「……はい、お父さま」

もはや言い返す気にもなれなかった。喉はいがらっぽいし、なによりもう面倒だ。大人しく部屋へ戻ると、小夜は敷きっぱなしの布団に潜《もぐ》り込んで猫のように丸くなる。

皆、わかっていない――布団の中、滲む涙を袖口で拭った。

父も、母も、兄たちも、兄嫁だって、少しも小夜の気持ちをわかってくれない。

小夜が家事をしたがるのは、父に逆らいたいからでも、家族のために働きたいからでも、ましてや花嫁修業のためでもないのだ。

(わたしにだって何かできることがあると、思いたかっただけよ)

大事にされているのはわかっている。

彼らが揃って厳しいのは、ひとえに小夜が大事だからだ。

生まれたときからひ弱で、赤ん坊の頃には幾度も死の淵を彷徨《さまよ》った。そのたびに、大枚をはたいて名医に診《み》せ、ここまで育ててくれた。

こうして日常生活が送れるのも、家族のおかげだ。感謝しているし、かけがえのない存在だと思っている。

それでも小夜はときどき、この家が窮屈で窮屈で、息苦しくなる。

皆、揃いも揃って、小夜を奥の間に閉じ込めておこうとする。過保護といえばまだ聞こえはいいが、彼らの庇護は小夜にとって手枷、足枷のように重い。

どうせ、何もできない。

どこへも行けっこない。

そんな呪いで、幾重にも縛り付けられている気がする。


(やっと、やっと本が読めるわ!)

外に出掛けてもいいと許可が下りたのは、一週間もあとだった。

お抱えの俥夫《しゃふ》に礼を言い、通りで人力車を降りれば小夜の足取りは軽い。

「お嬢さま、お気をつけなすって。そんなに急いで、怪我でもされちゃあ——」

「大丈夫よ。もう何年も通った女学校だもの!」

編み込んだ髪に赤いリボンを靡《なび》かせ、校門へと急ぐ。

紺色の行燈袴《あんどんばかま》に矢絣《やがすり》の御召《おめし》の着物、革のブーツはいかにも女学生ふうだ。これは小夜なりに、在学生だらけの校内で浮かないようにと配慮した格好なのだった。

「わ」

すると、門から子供が駆け出してくる。突然のことでよけきれず、正面からぶつかってしまう。衝撃で後ろにころりと転がったのは、五、六歳ほどと思《おぼ》しき女児だった。

やけに袖の短い、着古したようなつぎだらけの着物を着ている。

「ご、ごめんなさい！　大丈夫？」

気をつけろと言われたばかりなのに、やってしまった。

しかし、どうして女学校の敷地から、こんな子供が出てくるのだろう。

しゃがみ込んで助け起こすと、女児は顔を強張らせた。怒られるとでも思ったに違いない。

パッと立ち上がり、会釈《えしゃく》もせず、一目散に人ごみの中へ駆けて行ってしまった。

「なんだったの……」

気まぐれな妖精とでも出くわした気分だ。

消えていく背中を茫然《ぼうぜん》と見送り、それから小夜は袴の裾をはたいて気を取り直した。

(さあさあ、今日は何を読みましょうか。涙香《るいこう》？　紅葉《こうよう》？　『文芸倶楽部』もいいけれど、最近はモーリス・ルブランにも手をつけ始めたのよ、わたし)

卒業してなお、女学校にやってくる小夜の目当ては図書室にほかならない。

在学中に学校長に掛け合い、一日に二時間だけ図書室を使う許可を貰っている。熱を出す日も、家族に止められる日も多いから、なかなか毎日とはいかないが。

寺の敷地内に建てられた女学校の校舎には、小難しい仏教本のほかに、住職が趣味で集めている探偵小説や童話、読み物系雑誌……そう、頭の固い小夜の父が見たら激昂しそうなお宝が山と積まれた図書室があるのだ。

家事手伝いの合間に、女学校へ本を読みに来る。

それが小夜唯一の趣味にして、生き甲斐《がい》なのだった。

「まあっ、これ、ポーの訳文が載っている『青鞜《せいとう》』だわっ」

図書室に入るなり、卓上に放置された雑誌を見つけて飛びつく。

誰かが読みかけで、置いていったものだろう。校舎に出入りさせてもらう代わりに、蔵書の整理を頼まれている小夜だが、大概本を読み耽ってしまうので作業は進まない。

（ああ、なんて面白いのかしら。不可解な事件に、深まる謎、それから名探偵の冴えた推理。時間がいくらあっても足りないくらいよ！）

最近の小夜の贔屓は、なんと言っても探偵小説だ。頭を空っぽにして夢中になれる。

物語に没頭している間、小夜の魂は身体を抜け出して別世界にいる。そこでは小夜は屈強にも、健やかにもなれる。誰にも、何も文句を言われない。

――なんて自由で、万能な世界。

ほうっと感嘆のため息を吐き、頁《ページ》を捲《めく》る。と、廊下からバタバタと忙しない足音が聞こえてきた。みるみる、近づいてくる。いきなり、引き戸がガラリと開く。

飛び込んできたのは、三つ揃えの焦茶色の背広を身につけた男性だ。長めの黒髪を流れるように後頭部に撫で付け、胸ポケットから懐中時計の鎖を覗かせている。

見開かれたその黒い瞳は、切迫していた。

「え」

どうして女学校内に男性がいるのか。

思わず声を漏らせば、彼は後ろ手に扉を閉めつつびくりと飛び上がった。室内に誰かがいるとは、予想もしていなかったという反応だ。

「——生、先生、どちらにいらっしゃいますの？」

「谷敷《やしき》先生！」

そこに、女生徒らしき人の声が聞こえてくる。

ひとりではない。ふたり、いや、三人はいるだろうか。途端、しいっ、と人差し指を立てた彼はつまり『谷敷先生』に違いなかった。

形のいい額に冷や汗を浮かべ、すまなそうな、縋《すが》るような視線を小夜に向けてくる。困りきった表情をしていても、ハッとするほどの美形だった。

生徒から、何故逃げているのかはわからない。

しかし彼が助けを求めているのは、はっきりとわかって、小夜はすっと席を立つ。

「どうかなさいました？」

引き戸を少し開いて問い掛けると、四人の女生徒がわらわらと駆けてきた。

「谷敷先生を捜しているのです」

「見かけまして？　こちらのほうにいらしたはずなのです！」

「ああ、どうして先生はあんなに麗しいのかしら……」

「今日こそ、学校の外でお会いするお約束を取り付けるのよ」

そうよそうよと口々に言い合う少女たちは、さながら雀《すずめ》の群れだ。

ああ、それで、と小夜は状況を察した。彼女たちは谷敷の熱烈なファンなのだ。

こんなふうに追われては、確かに厄介だ。逃げ出したくなっても無理はない。

小夜はにこりと笑う。そしてわざと図書室内を己の肩越しに見せつつ「渡り廊下からお帰りになったのでは」と廊下の先を示した。

「職員玄関を通らなくても、履き物さえあればそこから帰れますもの。わたし、以前学校長先生が、そのようにしているのを見ましたわ」

嘘は言っていない。あくまでも可能性がある、というだけの話だ。

「やだ、本当だわ！　どうして気づかなかったのかしらっ」

「では先生、もうお帰りになったってこと？」

「そんな」

「いいえ、今から追いかければ間に合うかもしれなくてよ！」

そして彼女たちはもはや小夜には目もくれず、元来たほうへと駆け戻って行った。

室内には耳が痛くなるほどの静寂、のちに盛大なため息が木の床に落ちる。

「……ありがとう。助かったよ」

初めて耳にする谷敷の声は、父とも兄たちとも違う、柔らかさを持っていた。

「いつもあんなふうなのですか？　谷敷先生……でいらっしゃいますね？」

「あ、ああ。きみは……きみは、もしかして僕を知らない？　先週、学校長から、臨時教師として紹介があったはずなのだけれど」

「ごめんなさい。わたしは生徒ではないんです」

「生徒ではない……？」

卒業生です、と言おうとして、呑み込む。

谷敷こそ、教師なのに小夜の存在を知らないのだろうか。図書室を利用している卒業生がいることは、職員室でも暗黙の了解なのだと聞いている。いや、臨時だから知らされていないのか。だとしたら、知られたくないと小夜は思ってしまった。

この自由で万能な空間には、ままならない現実を持ち込みたくない。

「わたしは――そう、図書室の妖精です」

言った途端、ぷーっと谷敷が噴き出す。

「妖精？　きみが？」

「ええ。チューリップの花から生まれましたの」

「ははっ、アンデルセンか。ヒキガエルに攫《さら》われないよう、用心しないと。しかし親指姫は妖精だったかな？　訳者によってがらりと変わるから」

「……アンデルセン童話を読まれるのですか？」

驚きに目を見開いた。

小夜には兄がふたりいるが、彼らは本も雑誌も嗜まない。非現実的な物語にうつつを抜かすより、士族の男として、お国のために戦うべしというのが父の教えで、その通り、質実かつ剛健に生きているのだ。

しかし谷敷は大真面目な顔で「うん」と頷く。

「外国文学は雑食でね。節操なしに読むよ。訳書も面白いけど、最近はあちらの言葉を忘れないよう、あえて原書で読むようにしているんだ」

「まあ。海外へ渡航経験が……ということは、外国語の先生ですのね？」

「ご明察」

谷敷は言う。

帝国大学から来るはずだった友人の代理で、教鞭《きょうべん》を執《と》る運びになったこと。教師という仕事は初めてであること。江戸川橋《えどがわばし》近くの自宅から、ここ小石川まで通っていること。

「それにしても、どうしてご婦人というものは、かくも押しが強いのか」

ボソっとぼやく谷敷に、小夜は苦笑するしかない。

聞けば、着任初日から生徒に囲まれ、連日恋文の嵐、女教師にもしなを作られては男性教師たちから疎《うと》ましがられ、職員室にも居場所がないらしかった。

不憫《ふびん》だが、さもありなんと小夜は思う。

引き締まった輪郭《りんかく》に、意志の強さを感じさせる眉。すっきりとした鼻すじに、日本人らしからぬ大きな瞳……まるで西洋人形だ。女学生たちが騒ぐのも無理はない。

「ご苦労なさいますね」

「きみのようなうら若き女性から同情されると、情けなくなってくるよ」

「そんなふうにおっしゃらないでください。先生は異国の地をご存じの博学者ではありませんか。あ、そうだわ。ここを避難場所になさってはいかがです？」

「図書室を？」

「普段、ほとんど人の出入りはありません。いざとなれば奥に逃げ込める書庫もありますし、わたしがいるときはもちろん、匿《かくま》って差し上げられますでしょう？」

「それでいいのかい？　きみの、迷惑になるんじゃ」

「いいえ。アリバイ工作に加担するようで、なんだかドキドキします！」

「アリバイ……、さては探偵小説贔屓だね」

「ええ。それに、わたし、物語さえ読めればいいんです」

誰が側《そば》にいようがかまわない。どうせすぐに没頭して、気にならなくなる。

そして小夜はまた席に戻り、読みかけの雑誌をぱらりと捲った。途端、生き生きとした顔つきになる。思わず目をしばたたかせた谷敷に、小夜は気づかない。


それからというもの、図書室へ行くたびに谷敷と出くわすようになった。

小夜が先に着いていることもあれば、谷敷が小さくなって隠れているときもあった。

「やあ、来たね、妖精さん」

最初は、挨拶《あいさつ》を交わすだけで、あとはめいめいに別のことをしていた。小夜は読書、谷敷は授業の準備、ときどき昼寝。互いに用事が済めば、部屋を出ていく。

しかし不干渉な関係は、一週間後に終わる。

「えっ、谷敷先生、亜米利加《アメリカ》にも英吉利《イギリス》にも、独逸《ドイツ》にも行かれたのですか？」

「ああ。五年かけて列強の国々を巡ってきたんだ」

「すごいわ！」

一か国ならまだしも、何か国も外国を訪れた人を、小夜はほかに知らない。

仕事で、だろうか。いや、若そうに見えるから留学か。

それだけの財力があるのだから、豪商の息子か、あるいは華族の家系か――どちらにせよ、石蕗家など足もとにも及ばぬ裕福さだ。

「いや、すごいというのは僕のような者に使う言葉じゃないよ」

谷敷はといえば、照れながら謙遜《けんそん》する。

「実は幼い頃から岩倉使節団《いわくらしせつだん》に憧れていてね。彼らの目的は、不平等条約の改正だ。その後、何十年もかけて悲願を成し遂げた諸先輩方から、己も学ぼうと……って、こんな小難しい話、ご婦人には退屈かな」

「とんでもない！　悲願って、関税自主権の回復のことですよね。新聞で読みました。先生のお話、とっても面白いです。もっと聞かせてくださ――」

言ってしまってから、しまった、と小夜は口を押さえた。女だてらに政治の話など持ち出して、生意気な口を利いてしまった。小賢しいと思われたかもしれない。

慌てて頭を下げようとすると「へえ！」と谷敷は目を輝かせた。

「きみ、政治にも詳しいのか。嬉しいな」

驚いてしまう。

嬉しいだなんて、そんなふうに言ってもらえるとは。

「ならばもう少し語ろうか。そうだな、倫敦《ロンドン》はよかったなあ。厳《おごそ》かで、どこか日本の城下町と通じるものがあったね」

「倫敦……では、先生は倫敦橋をご覧になりましたの？」

「いや、僕はそのとき、タワーブリッジを見に行ったんだ。ゴシック様式の重厚な佇まいでね、中世の城のようでありながら、蒸気の力で開閉するんだ」

「開閉？」

「うん。中央のあたりが、こう、ぱかっと跳ね上がる。すると、大きな船が橋に引っかからずに航行できるというわけさ」

「まあ……まあっ。魔法だわ！」

その目で、どんな世界を見てきたのだろう。

本の頁を捲るように、小夜はワクワクした。

「ははっ。妖精さんが魔法に感動するのかい？　よし、じゃあ次は僕からの質問だ。妖精さんは、海を渡るならどんな国へ行きたい？　独逸？　それとも亜米利加？」

「いえ、まさか。わたしは自分が海外へ行こうとは思いません」

「女性だから、ということ？　僕はそういうの、ナンセンスだと思う。時代はデモクラシーだ。きみが望むなら、きみはどこまでも行ける。絶対だ」

父の口からは一生聞けないであろう言葉に、小夜は胸が熱くなる。

どこまでも行ける——冗談でも嬉しい。

「……そういう意味ではありませんの」

思わず口角を上げながら言った。

「異国でも異世界でも、本当にあるかどうかわからないからこそ、胸が躍るんです。無制限に思い描けるのは実際のところを知らないからであって、知ったら夢から醒《さ》めてしまうかもしれないじゃないですか。だから、行かなくていいんです」

それは小夜が、制限だらけの生活の中で見つけた諦め方でもあった。

望んだところで、叶うはずもない。異国どころか東京の外へ出ていく体力すらない小夜には、到底海など越えられるはずがない。でも、想像の中なら。

「わたしにとっては、英吉利も亜米利加も、架空の国……妖精の国と同じです。海外だけでなく、日本のほとんどの場所だって。ね、楽しいと思いません？」

そう言って微笑む小夜を、谷敷は興味深そうに見つめる。なるほど、と言いたげに顎を撫でる姿は感心しているふうだ。あるいは、愉快だとでも思ったのかもしれない。

それからは、会うたびに海の向こうの国々の話を聞かせてもらうようになった。

聞くだけでなく、小夜も想像上の架空の世界の話を谷敷に聞かせた。

あんなに大好きだった本を、一頁も捲らないまま帰宅することもあったほどだ。それでも小夜は胸がいっぱいで、布団に入ってからも谷敷の話を繰り返し思い出した。

（自由の国に、芸術の都、それから動く橋……）

目を閉じて、想像する。

架空の世界が好きだ。そこでなら、小夜はどこまででも自由に駆けていける。


「失礼いたします」

谷敷と親しくなって、二週間ほど経った頃だろうか。

熱を出して寝込んだ所為で、三日ぶりの図書室だった。

谷敷は机に向かっている。真剣な顔で、仕事だろう、忙しく書き物をしている。よほど集中しているのか、扉が開いたことにも気づいていない。

もう一度声を掛けるのも躊躇《ためら》われて、小夜は本を一冊棚から引っ張り出すと、少し離れた席に腰を下ろした。表紙を捲る。なんとなく、谷敷に視線をやる。

(いつになく、真剣なお顔だわ)

新鮮な気持ちで、小夜は見入った。話をしているときは柔らかい印象なのに、今は凛々しい剣士といったふうだ。ひたむきなまなざしに、ふっと吸い込まれそうになる。

すると「先生!」と廊下のほうから呼ぶ声がして、小夜を我に返らせた。

「谷敷先生、どちらですの?」

若い女の声だ。谷敷を探している。

ぎくりと背すじを伸ばせば、谷敷も気づいたらしい。顔を上げ、そして驚いたように小夜を見た。今やっと、小夜が部屋にいることを知ったのだろう。

「しいっ」

小夜は人差し指を唇にあて、廊下に出ようとする。

初めて谷敷に会ったときのように、うまくはぐらかして匿おうと思ったのだ。

しかし、それより先にガラリと引き戸が開いてしまう。

「谷敷先生！　こちらにいらしたのね」

そう言ってパッと目を輝かせたのは、着物姿の女性だった。唇に紅を引き、髪をひさしに結っている。女学生たちより年上だ。もしかして、教師だろうか。

小夜が出方を窺っていると、察したように谷敷が応える。

「僕に何かご用ですか、田中《たなか》先生」

「ええ。授業に関して、谷敷先生に相談に乗っていただきたくて」

「相談？　僕より田中先生のほうが教師として先輩ではありませんか」

「いえ！　私なんてたかだか数か月、先生より先に学校にいただけですわ。ねえ、これから茶店にでも行って、ふたりでお話でもしませんこと？」

田中先生と呼ばれた彼女に、小夜は見覚えがなかった。小夜が卒業したあとにやってきた教師なのだろう。それにしても、谷敷に対してやけに馴《な》れ馴《な》れしい。

もしやと、そこで小夜は思い至った。

以前谷敷が話していた、職員室でしなを作る女教師。彼女に違いない。

「――あのっ、谷敷先生は急ぎのお仕事中ですよ！」

慌てていたから、以前のようにうまい言い訳は思い浮かばなかった。それでも、なんとかして谷敷を助けたかった。個人的な用事はあとになさっては、と言うつもりだった。

すると田中は、よもや第三者が存在するとは思っていなかったのだろう。ビクッと肩を跳ね上げ、驚いた様子で振り返る。

「あらいやだ、学生がどうしてここにいるの？　授業中のはずでしょう」

「いえ、わたしは」

「おおかた、谷敷先生が目当てね？　わざわざ本まで広げて、どうせ読みもせずに先生を見つめていたのでしょう。まったく、勉学に身が入っていないのは明白ね。谷敷先生にとっては、とんでもない迷惑よ。親御さんに報告するわ。名前は？」

矢継ぎ早に言われて、小夜はムッとする。

確かに、本を広げたまま谷敷を見ていた。が、谷敷の邪魔をしていたつもりはない。そもそも谷敷目当てで、谷敷の仕事の邪魔をしているのは彼女のほうではないか。自分のことを棚に上げ、まともにこちらの言い分も聞かないとはどうかしている。

そこで察したのか「彼女は生徒ではありませんよ」と、谷敷が口を挟んだ。

「生徒ではない……？　ああ！　そういえば、聞いた気がするわ。図書室に出入りしている卒業生の話。つ……つくい？　つわの、だったかしら。そう、あなたが？」

石蕗です、と小夜が名乗るより先に「行きましょう」と谷敷が立ち上がった。手もとの帳面と本を閉じ、小脇に抱えながら廊下を示す。

「読書の時間を邪魔してはいけませんから」

引き留めたいのはやまやまだった。まだ、今日は谷敷と話せていない。しかし、できなかった。ここで食い下がっては、妙な誤解をされかねない。

そうなったら、困るのは谷敷だ。

連れ立って出て行くふたりを、小夜は一礼して見送る。いかにも仕事中の大人といった雰囲気だ。小夜とはあまりに違う。ひとり、寂しい気持ちで視線を窓の外にやる。

すると、小さな人影が校舎に向かって駆けてくるのが見えた。

やけに短い袖の、着古した着物の……気の所為か、見覚えがある。

(ああ、あの子)

以前、校門の前でぶつかった女児だ。

どうしてまた、女学校の敷地内にいるのだろう。

怪しんで見てみれば、少女は授業中の教室に外から近づき、窓から中をこっそりと覗き始めた。足もとの地面に、枝で字を書いている。つまり授業を覗き見て、自主的に勉強しているのだ。

「……すごい」

小夜は感心してしまった。

体格からして、手習いもまだ拙《つたな》いような、普通は文字も読めないであろう年齢の子供だ。それなのに、十五、六の者たちが聞く授業を理解し、書き取ってさえいる。

まともに学べば、きっと伸びる。学校長に話して、授業を受けられるように掛け合ってみようか。幼い頃からあんなに秀でているのなら、末は学者か大臣か――。

ねえ、と窓を開けて声を掛けようとしたが、そのとき脳裏を父の顔がよぎった。女だてらに、という言葉も耳に甦《よみがえ》ってきて、やむなく唇を閉じる。

たとえあの少女にどんな才があったとしても、親に止められればそれまでだ。

それがこの社会の道理なのだ。

ため息を細く吐きながら、図書室へ戻る。

(この部屋、こんなに暗かったかしら……)

日が暮れたわけでもないのに、まるで夜が訪れたかのようだ。

本だらけのここは少し前まで宝の山で、心が沸き立つ夢の空間だったはずで……しかし今は、小夜まで夜に取り込まれて萎《しぼ》んでいくような錯覚を覚える。

立ち尽くしていると、数分後、背後でいきなり扉が開いた。

「失礼!」

飛び込んできたのは、谷敷だった。

「よかった、まだ、きみが帰っていなくて」

肩で息をしていることから、急いで引き返してきたのは明白だ。

「せ、先生、どうして」

「やっと、三日ぶりにきみと話せる機会を、みすみす逃したくないからね。田中先生には、うまく言って撒《ま》いてきたから、追っては来ないはずだ」

「わたしと、話すために……そんなことのために、戻ってきてくださったのですか」

衝撃だった。そうする理由が、谷敷にあると思えなかったからだ。

「そんなこと、なんて言わないでほしいな」

谷敷は困ったように眉尻を下げ、口角を上げる。

「きみと過ごす時間が、最近の僕の楽しみでね」

「楽しみ？」

「きみは僕の外見じゃなくて、経験に興味を持ってくれる。何を話しても、心の底から驚き、感動し、それを想像の糧にしてくれる。きみと一緒にいると、僕はなんだかもう一度、新しい世界に飛び出した気分になれるんだ。本当に楽しいよ」

そんなふうに言ってもらえるとは、小夜は夢にも思わなかった。

幼い頃から自宅にいることが多く、外の世界の楽しいことなどほとんど知らない。だから誰かの話に胸を躍らせることがあっても、その反対はあり得ないと思っていた。

自分には、何もできっこないと思っていた。

誰かを楽しませることができる。本当に？

「楽しいのは、わたしのほうです、先生！」

こんなに嬉しいのは初めてだ。

背すじを伸ばして言えば、谷敷は微笑んだまま「柳之助」と置くように言った。

「りゅう……？」

「そう。柳之助、僕の名前だ。僕はきみの師じゃないからね。そう何度も『先生』と呼ばれると、違うんじゃないかなって気がしてきて」

きみは？　と続けて谷敷——柳之助は言う。

「いつまで僕はきみを、妖精さんと呼べばいいの？」

「あ……さ、小夜、です」

「さよちゃん。いい名前だ」

人懐っこい子犬のように顔をくしゃっとして言われ、小夜は心臓が止まるかと思った。名前を呼ばれただけで、こんなにも落ち着かない気分にさせられるのは初めてだ。

頬が熱い。胸がわけもなく詰まって、苦しいほど。

すると暗かったはずの室内は、いつの間にか元の明るさを取り戻していた。

それからは本を読みに行っているのか、柳之助に会いに行っているのか、小夜本人にも判別つかない日々が続いた。話しても話しても、話題は尽きなかった。

考え方は正反対なのに、いや、だからこそかもしれない。谷敷柳之助という人に、小夜はいつの間にか興味のすべてをそっくり傾けるようになっていた。

「さよちゃんの考えも聞かせて」

柳之助はといえば、たびたびそうして小夜に意見を求めてきた。

欧米では性別など関係なしに、忌憚《きたん》なく意見交換するものなのだという。多角的に物事を捉えることは自分を見つめ直すことにもなるからね、と笑う柳之助といると、小夜はみるみる己が一人前の人間になっていくような気分になれた。

「へえ。やっぱりきみはいいね。発想がとても豊かだ」

「ふふ、ありがとうございます」

「きっときみが海を渡ったら、あらゆるものを見て目を輝かせるだろうね。本物はいいよ。物語にはない手触り、匂いや明るさがある」

「もう、何度も申し上げたはずですよ。わたしは想像するだけで充分なんです」

「そうは言ってもさ、感動すると思うんだ。いや、そうして感動するきみこそを、僕はこの目で見たいのかもしれない。そうだ。僕が次に渡航するとき、きみも同行してみないかい？　倫敦でも巴里《パリ》でも、どこでも案内するよ」

妙案とばかりに言う谷敷に、呆れてしまう。

「……先生、それ、どなたにもおっしゃいますの？」

谷敷は目を瞬いている。何を言われているのか理解できていない顔だ。

「先生、女性の押しが強いとか以前おっしゃってましたよね」

「うん」

「原因は少なからず、先生にもあると思いますわ」

「うん……？」

首を傾げる谷敷はつまり、無自覚のうちに女性をその気にさせる性質なのだろう。

ほかの女性とも、案外こうして楽しく過ごしているのかもしれない。考えた途端、胸がむかむかした。熱が上がる前兆のようでいて、でもそれとは少々感じが違う。

（腹を立てている？　ううん、気の所為よ。だって怒る理由なんてないもの）

そもそも小夜は、そうたやすく怒りに火がつくほうでもない。

しかし気にしまいとすればするほど、苛立《いらだ》ちは胸に甦ってきて小夜を苛《さいな》んだ。

しまいには夢にまで妄想が――谷敷と見知らぬ女が仲睦まじくしている場面が出てきて、飛び起きたほどだ。当然、翌日は寝不足で体調も思わしくなかった。

書棚を見上げた途端、眩暈《めまい》がしてふらついてしまう。

「おっと」

すかさず、谷敷が支えてくれたが。

間近に迫る端整な顔立ちに驚いて、小夜は思わず飛び退く。

「っ……あ、も、申し訳ありません！」

触れていたのは、ほんの一瞬だ。

それなのに、離れてからもまだ谷敷の腕が身体に触れているかのよう。

（こんな感覚、わたし、知らない）

それにしても、細身に見えるがやはり男性だ。身体を全部預けてもなんの不安もない、がっしりした力強い腕だった。まさかあんなふうに片腕で軽々と、なんでもないふうに支えられるとは――いや、何を噛み締めているのだろう。

どうかしている。

「大丈夫かい。具合でも悪い？」

顔を覗き込まれ、反射的に硬直する。

「ああ、目が赤いね。今日は帰って、休んだほうがいい」

「だ、大丈夫です」

「大丈夫そうには見えないよ。ほら、手を貸すから。出口まで送ろう」

そう言って手を差し伸べられ、思わず後退した。

「平気です。お気になさらず」

なんでもないふりをしてそう答えるも、谷敷は差し出した手を引っ込めない。

「手を取らないのなら、抱きかかえてしまうよ」

「本当に、平気なんです」

「僕は、そんなに頼りないかい？」

その聞き方は、ずるい。

小夜は海老のように丸まって、差し出された手をどうにか取った。

遠慮がちに、そっと込められる力。柔らかく包み込まれると、自分とは明らかに違う大きさや厚みを感じて、心臓のあたりがじわりと茹だるようだった。


別れてもまたすぐに逢いたくなって、明日になるのがいつも待ち遠しい。一緒に過ごす時間は刹那《せつな》に感じられるのに、離れている時間は永遠にも等しく息切れを起こしそうになる。

（もしかして、これが、恋なのかしら……）

色々な本で何べんも読んだから、気づくのは早かった。しかし文章を読み想像するのと、内から湧き上がるそれを噛み締めるのとではわけが違う。

顔が見たい。笑ってほしい。できれば、その目に映っていたい……。

ともすれば身勝手で独善的な欲求に、戸惑わざるを得ない。

「さよちゃん、来週、外で逢えないか」

するとあるとき、柳之助からそう誘われた。

初めて言葉を交わしてから、ひと月ほど経った頃だった。

「外って、女学校以外の場所で、ということですか」

「うん。茶店でも、公園でもいい。きみともっと、ゆっくり話したいんだ」

本当は、ふたつ返事で了承したかった。

図書室の外でも柳之助に逢えるなんて、夢みたいだ。小夜のほうこそ、もっとゆっくり柳之助と話してみたかった。たまには時間を忘れて、会話に没頭したい。

しかし小夜が外出を許されているのは、午前中だけ。正午の号砲が鳴るまでだ。それも、行き先が女学校だとわかっているから許可されているようなもの。

父の言いつけを破れば、外出禁止を言い渡されるのは目に見えている。

「ごめんなさい。父が、許してくれないと思います」

「お父上が厳しいのか」

「その……それもあるのですけど、わたし、ときどきここにやって来ない日があるでしょう？

毎回、熱を出して寝込んでいるんです。幼い頃からひ弱だったから、父も母も兄たちも、心配で目が離せない気持ちはわかります」

「そうか……」

神妙な面持ちで、その日、柳之助はそれ以上、食い下がっては来なかった。

だったらよそう、とすぐに諦められる程度の気楽な申し出だったのだろう。誘ったことさえ、明日には忘れてしまうのかもしれない。

考え始めて勝手に落胆する己が、あまりに身勝手で滑稽《こっけい》に思えた。

文筆家がこぞって主題に取り上げる恋が、かくも醜《みにく》いものだったとは。

そうして自己嫌悪に陥っても、彼への想いは甘く小夜を捕らえて離さない。まるで、悪魔が胸に巣食ったかのように、小夜をじわじわと苛む。

(もちろん、わかっているのよ。期待しちゃいけないって)

どれほど葛藤しても、報われる気はしない。なにしろ柳之助は女性が群がる美丈夫であって、言い寄ってくる女性を厄介だと感じているふしもある。

いいところ、妹だ。

でなければ、生徒のひとり。

柳之助にとっての小夜は、そんな存在だろう。

「ちょっといいかな。昨日の、外で逢いたいって話の続きなんだけど」

しかし翌日、柳之助がそんなふうに話しかけてきた。

「真面目な話なんだ。こっちを向いて、聞いてほしい」

どきりとして、しかしすぐには振り返れなかった。

余計な期待をしたくなかった。

しかも小夜は、蔵書の整頓の真っ最中。引っ張り出した棚の本を、胸に何冊も抱えていた。

ちょっと待ってくださいね、とそれを机に置く間に、少しでも冷静になろうとする。

と、すぐ後ろから長い腕が伸びてきた。

ひょいひょいと取り上げられた本は、残らず机の上へと積み上げられる。

「こっちを向いて」

そして柳之助は、小夜の肩を掴んで自分のほうへと振り向かせた。

同時に、書棚へと追いやるように距離を詰められ、あっという間に逃げ場を失う。雰囲気が、いつもの柳之助と違っていた。やや硬い表情に滲む緊張感が、小夜にもみるみる伝播《でんぱ》する。

「さよちゃん」

「は……はい」

「きみのお父さまに会わせてほしい。そして、きみを貰い受けたい旨を伝えたい」

時が止まったのかと思う。

貰い受けたい、と、柳之助は言っただろうか。男が女を貰い受けるなんて、意味はひとつしかない。嫁に、だ。結婚だ。いや、あり得ない。

「驚いただろうね。でも、僕は本気だ。本気で、さよちゃんをお嫁に貰いたいと思っている。できればもっと、ふたりきりで逢って話して、きみの気持ちも固まってからがよかったけれど、厳しいご家庭なんだろう？　ならば先に、ご挨拶をと」

「ちょ、ちょっと待ってください。どうして……」

「どうしても何も、僕はきみを気に入っている。日本では、結婚は親が決めるものだと思われがちだけれど、僕は世界各国でそうであるように、僕が決めた人と添いたい。初めて、そう思える人に出逢ったんだ」

優しく、諭《さと》すように言われても、まだ理解できなかった。

柳之助に結婚を決意させるだけの何かを、自分が持っているとは思えなかった。

「きみは、僕が嫌いかい？」

心配そうな問いかけに、慌ててかぶりを振る。

「嫌いだなんて！　そんなこと絶対にありませんっ」

「だったら、了承してくれるね？」

「でも、わたし……わたしは、身体が弱いのだと、昨日、お話ししましたよね。すぐに熱を出すし、家事も満足にできないんです。妻として、お役に立てるとは思えません」

「熱を出したら、僕が看病しよう。家事なんて気にしなくていい」

「……子供だって、産めるかどうか……」

「それならそれでいい。僕はただ、きみがいい。きみにも、そう思ってほしい」

斜め上から注がれている、熱い眼差《まなざ》しに胸がジリジリと焦げるようだ。

柳之助はこれまでずっと穏やかで、知的で、教師らしく理性的だった。その裏に、こんなに情熱的な一面を隠していたとは思いもしなかった。

「わ、わたし」

わたしだって、あなたが好きです。

そう言いたいのに、感極まって、言葉が続かない。

結婚なんて、一生縁がないものだと思っていた。誰にも必要とされぬまま、実家の奥の間に繋がれて終わる人生だと思っていた。

柳之助は黙ったまま、しばらく小夜の答えを待っていた。

しかしやがて、痺れを切らしたのだろう。上半身をわずかに屈《かが》め、小夜の顔を覗き込むようにして、懇願するように言った。

「僕と、一緒になってくれないか」

背広の胸ポケットで、懐中時計の鎖が光っている。鋭く反射する真夏の日差しよりもっと柳之助が眩《まぶ》しく思えて、小夜は思わず目を細める。

「きみはその目で世界を見なくてもいいと言ったね。けれど僕はいつか、きみを海の向こうへ連れて行きたい。きみとでなければ、見られない景色があると思うんだ」

「本当に……わたしで、よろしいのですか」

「きみがいいんだ」

優しく言われた途端、信じられない気持ちも、迷いも昇華《しょうか》するように消えた。

柳之助について行きたい。彼とならば、どこまでも行ける気がする。

「僕は、さよちゃんが好きだよ」

「わたしも、柳之助さまが好きです。好き……」

涙をこらえて顔を上げたら、視界がふっと陰になった。

斜めに被《かぶ》さる唇。柔らかなその体温が去ってから、事態に気づいて赤面する。

(今の……って、せ……)

接吻《せっぷん》。口づけだ。知識としてはあっても、これまで一度も経験したことはなかった。

想像することすら躊躇われる、ひどくいけないことのように思っていた。

けれど今はひたすら恥ずかしくて、そして何故だか、ひたすら嬉しい。

燃え上がるように赤くなった小夜を、柳之助はたまらず、といったふうに抱き寄せる。細身に見えるが、それでもしっかりと男らしい胸だった。

「もっとしようか」

「え、えっ」

「僕はしたい。そうだな。これから、逢うたびにすることにしよう」

耳もとで言われ、ぶるぶると小夜はかぶりを振る。

「そんなにしたら、死んでしまいます……っ」

たった一度きりで、こんなにもどうにもならなくなってしまうのだ。毎日なんてしていたら、身体のどこかが壊れてしまうに決まっている。

しかし柳之助は「じゃあ、慣れてもらわなければいけないね」などと言って笑っている。

「な、何故ですか」

「亜米利加では、キスは挨拶と同じだよ」

「挨拶!?」

「うん。まあ、それは言い訳かな。とにかく僕はこれから、さよちゃんに逢って何もせずにはいられないと思う。だって、食べたいくらい可愛いんだ」

聞いたこともない甘い言葉の行列に、小夜はもはや腰が砕けかけ、膝には力が入らない。太ももはかすかに震え、いつへたり込んでもおかしくないほどだ。

察したのか、柳之助は小夜を机の端に腰掛けさせ、それでも逃しはしなかった。

「本当に、食べてしまおうか」

最初に、鼻の頭を啄《ついば》まれる。次に両の頬、そしてこめかみ。

肩を竦め、くすぐったさに小さくなりながらも、嫌ではなかった。心臓は破裂しそうだし、消えたいくらい恥ずかしいのに、それでも胸が沸く。

「柳之助さま、柳……さ、まぁ」

背中がゾクゾクする。発熱の前兆のようだが、もっと心地いい――。

されるがままになっていると、しまいには再び唇を奪われてしまった。

一度目よりゆっくりと重なった唇はなかなか離れず、たっぷり十秒ほどくすぐるようにされ、解放されたときには、脱力して柳之助の胸に倒れ込んでしまった。

「そういえば、僕はさよちゃんにひとつ、話しておかねばならないことがある」

すっかりのぼせた小夜を抱き締め、柳之助は言う。

「僕の名前。谷敷柳之助だと思っているだろう？」

「違うのですか？」

「ああ。友人の代理で臨時教師をしていることは、最初に話したね。谷敷というのはその友人の苗字だよ。便宜上、というか僕には別にきちんとした仕事があるものだから、大っぴらには本名を名乗れない。そんなわけで、僕の苗字は別にある」

久我原だよ、と彼は言う。

「久我原柳之助というのが、僕の本当の名前だ」

聞こえているはずなのに、理解することを頭が拒否していた。

久我原。父が嫌悪する一族の苗字。

いや、同じ苗字というだけで、その家とは違う可能性はある。ある――はずだ。

息を呑む小夜を見て、柳之助は少々決まり悪そうに後ろ頭を掻いた。

「ああ、いや、そんな反応になるよね。そうだよ。父は伯爵の身分で、華族議員をしている。僕は長男で、一応は跡継ぎの身というわけさ」

「久我原……伯爵」

「そう。でも、気負わなくていいよ。父はわりと先進的な考え方をしているし、弟や妹たちも気取った人柄じゃない。身分差だって気にしないから、安心して嫁いでおいで。というのは気が早いか。まずはきみのお父上に、お願いしに行かねばね」

どくどくと、脈の音に全身が支配されるような感覚。景色は、揺れる瞳に合わせてマーブル模様に歪み、夢の中よりずっと幻想めいていた。

柳之助が、久我原伯爵の息子。久我原家の血を、濃く引いた人。

(お祖父さまを苦境に追いやった……裏切り者の、あの)

嘘だ。信じたくない。でも。続けて柳之助が「ところできみのお家は」と言い出したから、小夜はその胸を逃れて図書室から駆け出した。

2　柳之助の場合

久我原柳之助は、三十を迎えたばかりの伯爵家の長男である。

柔和《にゅうわ》な雰囲気と童顔であることから、十代の若者と勘違いされることも少なくはないが、れっきとした外務省のお役人——外交官という肩書きを持っている。

「柳。柳さん、頼む。この通りだ！」

そう言って、友人から手を合わせられたのは、四月の半ばだった。

仕事の休憩時間に茶店で待ち合わせたのだが、薄給の友人——谷敷甚八《じんぱち》が珈琲を奢ると言い出したところからして、柳之助はなんとなく嫌な予感がしていた。

「俺の代わりに、ひと月半ばかし教師をやってくれないか⁉」

「教師？　帝大のかい？　冗談だろう。僕は農学は門外漢《もんがいかん》だよ」

「いや、安心してくれ。帝大じゃない。小石川にある高等女学校の英語教師だ」

何を言っているんだこの男は、と柳之助は顔を顰《しか》めた。

年中、無精髭に絣《かすり》の甚平でいるこの甚八と、年中背広の柳之助は、帝大に通っていた頃からの友人だ。学部は違ったが、馬が合うのでつるんで、ずいぶん遊んだ。

「女学校って、一体何があったんだよ、ジンさん」

当時から今まで、まるで女っ気のない甚八だ。女学校との繋がりがあるとは思えない。訳ありだろうと尋《たず》ねれば、苦い顔をして言われる。

「いや、最初は俺が引き受けるつもりだったんだ。だって女学校だぜ？」

「だって、って、下心があったのか」

「いいだろ。普段、泥にまみれて野郎どもと土根っこを掘り返すばかりの俺だ。たまにはいい思いをしたって、バチは当たらないだろう。どうせ研究と授業以外はすることないんだし、時間の有効活用だと思って、だな」

「米の品種改良がしたくて、農学部の教職を熱望したのはきみじゃないか」

「そうだよ。そうだけど！　ひと月半くらいなら夢を見たいと……まさか、よりによって担当科目が英語だとは思わなかったんだ。教授の紹介でさ、信用されているからか、顔合わせもしないままに決まっちまって。気づいたのは三日前……」

「つまりきみ、詳細を知りもせずに安請け合いしたってわけだな」

「簡単に纏《まと》めんなよぉ、頼むよぉ、柳」

冗談ではない。

何故、友人の邪《よこしま》な暴走の後始末をしなければならないのか。

「頼む相手を間違えているんじゃないか、ジンさん」

「わかってる。柳さんには崇高《すうこう》な本職がある。無茶は承知の上だよ。しかし、俺は柳さん以上に英語が堪能な人物を知らない」

「そんなの、横浜《よこはま》あたりをぶらつけばいくらでも捕まるだろう」

「女学校の教員だぞ。信用に足る人物でなけりゃならない。最悪、教授の顔に泥を塗ることになる。そうしたら俺は帝大にいられなくなる！　柳さん、柳さま、柳閣下ぁ」

「閣下はやめてくれないかな」

無理だよ、と柳之助は言って苦い珈琲を口に含む。

外務省は今、決して暇ではない。一次大戦以降、とくに政務局はパンクしそうなほど忙しいし、対華外交でピリピリしている。

柳之助が属しているのは通商局――貿易に関わる業務――なのだが、こちらもまた、政党内閣が発足してからというもの、政治に絡む案件が増えつつある。

一か月半もの間、別の用事にかまけている余裕はない。

「冷たいな。あーあ、柳さんが別宅を欲しがったとき、探してやったのは誰だっけ」

柳之助はぐっと返答に詰まる。

甚八の言うとおり、柳之助は別宅を持っている。本名ではなく偽名で、だ。というのも親戚が次々と縁談を持ってくるので、逃げ込む目的で購入していた。

そのとき、甚八に大変世話になったのは間違いない。

「一か月半、いや、一か月でいい。週に四回、午前中だけ！」

「無茶を言うな。午前中だって勤務時間のうちだぞ」

「そこをなんとか！　俺たち、友達だろう」

「友情を引き合いに出すのは反則だっ」

その場では断ったが、結局柳之助は、高等女学校の臨時教師として働くことになる。

無茶を承知で請け負ったわけじゃない。

タイミングよく、省内で局の再編が決まったためだ。柳之助が担当していた政治絡みの案件も、ごっそりと新たな部署へ引き継がれることになった。

「久我原くんには今後も通商局に残ってもらう予定だ。まあ、気楽にしたまえ」

正直、やはりそうなるのかと落胆した。

政治案件には、どうあっても深くは関われないのか、と。

(久我原だから――か)

その名が不遇の元凶であることを、柳之助は知っている。

久我原家は某藩主の家系で、御一新の際に旧幕府軍から寝返って新政府軍に加わり、生き残った経緯がある。寝返りたくて寝返った訳ではない。家来や民を守るための苦渋の決断だった。

しかし周囲の者の目には、情勢次第で裏切る不誠実者と映ったのだろう。

廃藩置県にともなって華族に列せられたものの、新たな世に居場所はなかった。柳之助は外務省において政治交渉の場に就くことを希望していたが叶わず、父だって議員とは名ばかりで政治的にほとんど影響力はない。

いわゆる、飼い殺し状態——。

『柳之助、覚えておきなさい。おまえのお祖父さまは民を守った。目を刺されながらも、使命をまっとうしたのだ。誇りを持ちなさい』

父にそう叱咤されたのは、柳之助が十の頃だ。

武家の子らに石を投げられ、訳もわからず半べそをかいて帰宅したときのこと。

誇りと言われてもピンとこず、何故祖父の振る舞いが自分の人生に影を落とすのか、自分は自分という一個の魂ではないのかと、ますます混乱した。

いくら個人主義に憧れたところで、日本では未だ叶わない。

何を為すこともできないのなら、夢など持っても無駄なだけ。

そうして失望していたときだ。訪れた女学校で、小夜と出逢ったのは。

『わたし、物語が読めればいいんです』

己を妖精と言い張る、一風変わった女の子。

女子生徒のみならず女教師までもが目の色を変えて柳之助を追ってくる中、小夜だけは違っていた。小夜の目の色が変わるのは、本に向かうときだけ。その心は物語の世界に囚われていて、柳之助には見向きもしない。

都合がいい、はずだった。

「えっ、谷敷先生、亜米利加にも英吉利にも、独逸にも行かれたのですか？」

「ああ。五年かけて列強の国々を巡ってきたんだ」

「すごいわ！」

渡航の話をした途端、目を輝かせた小夜を見て、何故だか昂揚《こうよう》した。

つれない態度の猫に突然、懐かれたような感覚だったかもしれない。

小夜は柳之助の外見にはほとんど興味を示さないのに、経験談、とくに海外の話になると夢中になって聞きたがる。政治の知識もあり、何を語っても次々に質問を寄越す小夜との会話は、まさにエキサイティングだった。

「先生、わたし、昨夜夢を見たんです」

「へえ、どんな？」

「先生と、動く橋を見に行く夢。わたし、英吉利の上空を飛んでいました。先生がおっしゃったように、煉瓦《れんが》造りの街並みが荘厳で……ふふ、とっても楽しかった！」

驚くべきは、小夜の想像力がひときわ伸びやかであること。

まるで翼を得たように想像の世界を飛び回るさまが、柳之助には痛快だった。

経験談を語ってやればやるほど、それを生かしてイマジネーションを働かせる。すると柳之助は、己がこれまで為してきたことの価値に改めて気づくことができるのだった。

そうだ。自分には世界各国を巡った経験がある。今は無理でも、いつか、この国のためにできることがある。まだ、諦めなくていい。

そう、前向きになれた。

「先生、以前、外国文学ならどんな物語でも読むとおっしゃってましたよね」

そんなふうに話しかけられたのは、出逢ってからどれくらい経った頃だろう。

「お気に入りのご本があったら、教えていただきたいです」

「ううん……そうだなあ」

小夜が知りたがるのなら、なんだって教えてやりたい。

そう思うと同時に、柳之助は疑問を覚えてもいた。

小夜は「現実を架空の世界に持ち込みたくない」と言った。ならば、どうして柳之助の経験談を聞きたがる？　その話を、架空の世界に持ち込む？

それは現実と想像をごちゃ混ぜにしているのと変わらないではないか。

純度百パーセントの想像の世界に浸りたいのではないのか？

一体、何を考えている？　知りたい。

「僕は正直言うと、洋書より和書のほうが好きでね。とくに、古典。きみは？」

「まあ！　古典って、あの古典？　枕草子《まくらのそうし》とか、竹取物語《たけとりものがたり》とか」

「そう。弟や妹たちにもよく読んでやったな。で、きみは？　どんな物語が好きなんだい？」

「先生、下にごきょうだいがいらっしゃるのですか」

「うん。僕は長子でね。意外かい？」

「いえ！　意外なのは、古典のほうです。だって先生、英語教師ではありませんか」

「世界各国を渡り歩いてきたからこそ、原点回帰したいのかもしれない。ところで」

ところで、僕の質問の答えは？

そう尋ね返そうとすれば、小夜はふっと遠くを見て言った。

「先生は回帰したくなるほど、遠くまで行かれたんですね。本当に、すごいわ」

寂しそうな微笑みだった。

まるで、たったひとり別の世界に置いてけぼりにされたかのような。

(そうか、きみは)

ひょっとして、旅立ちたいのか。想像の中ではなく、実際に、遠くへ。

しかしできない理由がある。だから、架空の世界を貪る。そうして、諦めている。

(きみさえその気になれば、僕がいくらでも、どこまでも連れて行くのに)

そう思ったときには、すでに惹かれていたのだろう。

「さよちゃん、来週、外で逢えないか」

もっと話したい。

きみがもっと自由になれるように。

「ごめんなさい。父が、許しはしないと思います」

断られて、ますます欲しくなって、前のめりの申し出をした。

「きみのお父さまに会わせてほしい。そして、きみを貰い受けたい旨を伝えたい」

一度は色よい返事を聞けた。

好きと小夜に囁かれた瞬間、柳之助は天にも昇る心地だった。

しかし、小夜は逃げ出した。柳之助の本名を知った途端に、だ。

居所を知ろうとすれば、いつだってできた。簡単だ。職員室で、図書室に通ってくる女の子は誰か、と素性を尋ねればいい。しかし、そうはしなかった。

久我原の血を、忌避されたのだと思ったからだ。

柳之助には動かしようがない——裏切り者の一族だということは。

＊＊＊

柳之助の求婚を受けてから一週間、小夜は部屋から出られなかった。

布団を頭の上まですっぽり被り、綿を透かして差し込む淡い光に、ああ、朝が来たのだと思う。

「お小夜、調子はどうだ。朝食を持ってきたぞ」

長兄、一太の声だ。後ろめたさから、ドキリとする。

昨日まで、食事を運んでくるのは女中か母か、兄嫁みつだった。男子である一太がわざわざやってきたということは、父に様子を見てこいと命じられたか、いや、妹を溺愛する一太のことだ。単に心配が募ったのだろう。

「起き上がれるか？　どれ、赤ん坊の頃のように食わせてやろう」

「い、いいえ、そのへんに置いてください……」

とは、布団に潜ったまま告げた。

鼻声であることが伝わってしまっていないか、内心不安だった。早く出ていってほしいと小夜は望むのに、一太は盆を文机の上に置いて、枕もとでしゃがみ込む。

「そう言っておまえ、昨日も何も食べていないじゃないか」

もしやと思った直後、布団を剥《は》がされた。ばさりと音がした瞬間、小夜は慌てて幼虫のように丸くなる。浴衣の袖で、顔を覆う。絶対に、顔を見られたくなかった。

両目は赤く腫《は》れ上がり、四谷怪談番町皿屋敷も真っ青の酷い有様だ。ひと目で、泣いたのだとわかる。見られたら最後、何があったのかと問い詰められるに違いない。

小夜は答えられない。言えるわけがない。

求婚されて喜んでいたら、相手が久我原家の長男だった、などと。

「何故、隠れたままでいるんだ、お小夜」

「……眩しいんです。お布団、返してください」

「食べずに寝るばかりでは死んでしまうぞ。医者の診察も拒否するし、一体どうしたんだ。もしや、何か思い悩むことでもあるのか？」

「ありません！」

図星だからこそ、声が裏返りそうになる。

「だったら、一口でいいから食べろ。おまえの好きな味噌の握り飯だぞ」

「のちほど、必ず食べます。ですから、今は、もう……」

どうして、朝はこうして巡ってきてしまうのだろう。ずっと夜に閉ざされていれば、小夜は諦めたまま、甘い幻想に惑わされたりせずに済むのにと思う。

（どうして、柳之助さまが久我原家の人間なの？）

恨みに思うべきだと、教え込まれて生きてきた。

祖父は小夜が生まれる前に亡くなったから、特別思い入れがあるわけではない。だから久我原家に直接的な恨みはない。

ないのだが、久我原という名を好きか嫌いかと問われたら、嫌いだと即答できる程度には、いい感情を持ってはいなかった。

（いっそ、すべてなかったことにできたらいいのに）

柳之助に出逢う前の自分に戻れたら、楽になるのに。

そう考えて、できない、とすぐに思い直す。だって、幸せだった。柳之助と過ごす時間、彼から聞く見知らぬ国の話、すべてが新鮮で楽しかった。

柳之助ができると言うなら、なんだってできる気がした。想像する以上に自由に、どこまでも飛んでいけるしなやかな翼を、彼の言葉に授けられたようだった。

だからこそ、苦しい。

堪《こら》えきれず肩を震わせれば、一太は無理強いをしていることにようやっと気付いたのだろう。足もとのほうから、布団を掛け直してくれた。

「ひとまず、そこに食事は置いていく。だからのちほどなどと言わず、すぐに食べるんだ。一口でもいい。家族全員、おまえを心配している。わかったか」

「……はい」

一太が去って、小夜は身体を起こしたものの、まだ食事に手をつける気にはなれなかった。涙に濡れた顔を覆い、そのまま掛け布団の上に突っ伏して嗚咽《おえつ》する。

「う、う……っ」

呼吸ごとに針を吸って、針を吐いている気分だ。最も痛いのは植え付けられた嫌悪と芽生えた愛しさ、相反する感情をどうやっても同居させられないことだった。

初めての恋だったのに。皆が敬遠する虚弱な小夜を、それでもいいと、嫁に貰いたいと言ってくれた初めての人だったのに。

（もっと早く、本名を打ち明けてくれていたら……）

いや、本名を最初に知っていたからと言って、結果は変わったのか？　好きにならずにいられたのか？　まさか、ありえない。

絶対に行けると言ってくれた。

小夜にもできることがあると、教えてくれた。

図書室の机に向かい、夢中で書き物をしていた真剣な横顔を思い出すと、今でも新鮮に胸が高鳴る。柳之助のような人は、世界中を探してもほかにはいない。

好き、許されない、諦めなければ、でも――。

思い悩む小夜はもう一週間、今度は本当に体調を崩して寝込んだ。食事を拒絶し続けた所為だろう。そして熱が引くのと同時に、ひとつの結論に辿り着いた。

（やはり柳之助さまでなければ、だめ）

父は許さないだろう。結婚どころか恋することさえ、禁忌《きんき》とするはずだ。

先祖にも申し訳ないと思う。薄情者だと、己を責める気持ちが胸の隅に存在している。

それでも小夜は柳之助が好きだ。

嫌いになることも、諦めることもできない。

この二週間、布団の中で過ごした小夜が架空の世界を夢見ることは一度としてなかった。求める幻はただひとつ、柳之助の姿だけだった。

＊　＊　＊

気付けば、約束の一か月半が終わりを迎えていた。

女学校での代理臨時教師という厄介な任から、解放される日だ。

当初は、とにかく早く去りたいと思っていた。一日一日をやり過ごすのも大変で、ほとんど図書室に逃げ込んでいた記憶しかない。しかし今はもう一日、いや、半日でもいい。この場所に留まり、そして小夜を待っていたかった。

（無駄な足掻きだと、わかってはいるんだ）

それでも柳之助には、待つことしかできない。このまま別れるも、再会するも、決定権は小夜にある。小夜の心ひとつで、決まらなければならないと思う。

好意を寄せたのは、柳之助のほうから。もっと逢いたいと願ったのも、娶《めと》りたいと申し出たのもだ。受け入れるかどうかは、最初から小夜次第――。

風呂敷に包んだ本を提げ、校門の前でぼんやりと立ち尽くす。

「谷敷先生！」

甲高い声にドキリとして振り向けば、三人の女生徒が駆けて来た。

「谷敷先生、本当に今日で英語を教えてくださるの、最後なのですか⁉」

「またいらしてくださいませね。必ずですよ!!」

「きみたち、今は授業中だろう。教室に戻りなさい」

そう注意して追い払いながら、彼女たちも同じだろうか、と思う。

柳之助の本当の名を知ったら、途端に逃げ出したりするのだろうか。小石川には士族——武家の子孫が大勢住むと聞く。義理堅さを大切にする者たちにとって、久我原の名はそれだけで嫌悪の対象となるだろう。

——『わたしも、柳之助さまが好きです。好き……』

小夜の想いが偽りだったとは思わない。

真っ赤になって、震えながら告げてくれた。

あのとき、確かに想いは通じていた。

それを、いともたやすく翻《ひるがえ》してしまえる「家」とは、なんという呪いか。

たまたま生まれついただけだ。自ら望んだわけじゃない。先祖がいて、今の自分がいる。それはわかっている。だが、それでも先祖と柳之助は別個の人間だと思う。

世代を超えて、同じ性質、同じ考えを受け継いで生きろと言うのか？

世界はどんどん新しく、前へ前へと進んでいくのに？

(己が犯したのではない罪も、ずっと背負っていかねばならないのか)

二時間ほどその場に留まっていたが、結局、小夜は現れなかった。これが、彼女の答えなのだろう。小夜がそう決めたのなら、柳之助には受け入れるしか道はない。

すっかり固くなった風呂敷の結び目を握り直し、柳之助は女学校を後にした。

＊　＊　＊

「谷敷先生が、いらっしゃらない……？」

小夜が女学校を訪れたのは、柳之助が任を終えた翌日だった。

なかなか図書室に現れない彼を探し、職員室で居場所を尋ね、血の気が引いた。

もう、柳之助は女学校にはいない。

そうだ、どうして忘れていたのか。彼が臨時の教師であること。

髪に結んだ赤いリボンを靡かせ、もつれそうな足取りで女学校を飛び出す。

(柳之助さま……！)

彼はきっと失望したはずだ。求婚の場から突然逃げられ、あまつさえ任期を終えるその日になっても小夜は姿を見せなかったのだから。

こんなことなら、手紙の一通でも学校に届けてもらえばよかった。

心を決めた日に、謝罪と覚悟を綴《つづ》って伝えるべきだった。

病みあがりでも、筆を執るくらいはできたはずだ。宛名が男性であることも、相手は教師なのだから、家族にはなんとでも誤魔化《ごまか》せた。

それなのに、顔を見てこの決意を伝えようなどと身勝手な考えだった。

――もしも、これっきりになってしまったら……ああ、それだけは嫌。

やっと決心したのだ。家族を裏切っても、柳之助への想いを貫こうと。

後悔と申し訳なさでばらばらになりそうな想いを掻き集め、路面電車――市電に飛び乗る。

最初に話したとき、柳之助の自宅は江戸川橋近くにあると言っていた。そのあたりなら以前、女中に伴われて呉服店を訪ねたことがあるから、土地勘はある。

外出が許されているのは正午の号砲が鳴るまでで、すでにタイムリミットは過ぎているのだが、そんなことはもう頭になかった。

「すみませんっ。このあたりに、久我原さまのお宅は御座いませんか!?」

市電を降りたところで、前方を歩いていた鳶《とんび》コートの紳士に声を掛ける。

空はいつの間にか黒く重い雲に覆われ、雨粒がひとつ小夜の頰を打った。

「久我原と言ったかい。そりゃ、伯爵さまのお屋敷なら駒場《こまば》だよ。ホラ、駒場農学校の……あ、今は帝大農学部なのだったか。とにかく、この近辺じゃあないさ」

「駒場……？　でも、ご子息の、柳之助さまがこの近くにお住まいのはずです」

「ご嫡男《ちゃくなん》の？　いやあ、私はずっとこの近所に住んでいるが、そんな話は聞いたことがないな。お嬢ちゃん、何か誤解しているのではないかね」

小夜は愕然とする。誤解。もしや聞き間違いだったのだろうか。柳之助は江戸川橋近くに住んでいるのではない……。

(駒場のお屋敷を訪ねてみる?)

しかし流石にそこまでは、自力で辿り着ける気がしなかった。土地勘はないし、ましてや駒場は遠すぎる。

それに、と急激に不安になる。よしんばお屋敷に辿り着けたとして、門前払いされるのではないか。なにしろ小夜は求婚された直後に、いきなり逃げ出したのだ。

半月もの間、連絡のひとつもせずに柳之助を放っておいた。

もう、嫌われてしまったかもしれない。いや、彼はそんなに薄情ではないはずだ。

悪い想像を掻き消そうとするのに、小夜のたくましい想像力は「帰ってくれ」とそっけなく言う柳之助の姿を鮮明に脳裏に描いてしまう。

立ち尽くしているうちに、みるみる雨の勢いは激しくなる。

数分後にはサイダーの栓を抜いたような土砂降りになり、あたりにはむっとするほどの土埃のにおいが立ちこめた。背後で甲高い鐘の音を鳴らし、市電が次々と通り過ぎる。

小夜は動けない。

苦しい胸をギュッと押さえれば、冷たい雨粒が顎から滴《したた》る。

「……さよちゃん?」

すると、背後から掠《かす》れた声で呼ばれた。

雨音に紛れてはいるが、聞き覚えのある男の声——もしかして。恐る恐る振り返れば、やはりそこには思った通りの人が立っていた。

着流しに下駄という、気取らない格好で。

「りゅ……」

柳之助さま。

小夜が呼ぶより先に、柳之助は駆け寄ってきて蛇《じゃ》の目《め》傘を差し掛けてくれる。

「どうしたんだ、びしょ濡れじゃないか」

焦った口ぶりに滲む気遣いが、小夜にはたまらなかった。

ああ、逢えた。本当に逢えた。しかも柳之助は、以前と変わらず優しい。小夜を、冷たく追い返そうという雰囲気は少しもない。

身体中を支配していた恐怖が溶け落ち、崩れるようにその胸に飛び込む。

「さ、さよちゃん?」

柳之助は動揺しているようだったが、離れられなかった。

(柳之助さま……柳之助さま……っ)

冷たくなった手で、彼の衿《えり》もとを握り締める。洗濯石鹸の匂いがする。すでに、懐かしささえ感じる恋しい匂い——。

おあつらえ向きに、勢いを増す雨が往来から人を遠ざけていった。

「……ひとまず僕の家へ行こう。このままでは、風邪をひく」

手を引かれ、数軒先を右に入れば、川沿いに商店や民家が立ち並んでいた。出鱈目《でたらめ》にでこぼこと軒を連ねる様子は、まるで幼子が並べた積み木みたいだ。

木造の平屋を通り過ぎたところで、煉瓦造りの建物に招き入れられる。理髪店の上階に位置する部屋の表札には『谷敷』と毛筆で記されていた。

ここでも、柳之助は偽名で過ごしていたのだろう。

見つからなかったわけだ。

「ソファにでも座って。ああ、いや、その前に着替えか」

室内を行ったり来たりする柳之助は、完全に動転しているようだ。小夜が訪ねてくるとは、ゆめにも思っていなかったのだろう。

十二畳ほどの板張りの洋室は、以前は何かの事務所にでも使われていたのかもしれない。手前には縦縞の織地の張られた長椅子に黒檀《こくたん》の丸い卓、壁際には猫脚つきの洋箪笥が置かれていて、いかにも商談などできそうな雰囲気だった。

「僕の着物……は大きすぎるだろうね。そうだ、床屋のおかみさんに女物を貸してもらおう。ちょっと待っていてもらえるかな。すぐに戻ってくるから」

そう言って向けられた背に、たまらず抱き付く。

「行かないでください」

「いや、でも」

「わ……わたしのこと、もう、愛想を尽かしてしまわれましたか」

どうして真っ先にそんな言葉が口をついて出たのか、小夜にも理解できない。

突然逃げ帰ってごめんなさい、連絡できなくてごめんなさい、詫びるのが先だ。それから、話さなければならないことだってたくさんあるにもかかわらず、だ。

「愛想を尽かしたのは、きみのほうじゃないのかい」

沈んだ声で告げられて、思わず腕の力を緩める。

「……え」

「僕が久我原家の者だとわかって、失望したんだろう。小石川には士族が多い。きみが、久我原に対して……僕に対しても、裏切り者の一族だという意識であっても仕方がない」

「そんな、違います！」

戸惑いはしたが、柳之助に失望したことは一秒たりともない。柳之助は柳之助、苗字が久我原であっても小夜にとってはまったく同じ柳之助だ。

「柳之助さまは裏切り者なんかじゃありません。失望なんて、あり得ませんっ」

「だったら、どうしていきなり逃げ出したの？」

「衝撃だったんです。まさか、って」

「まさか?」

「……」

言葉を詰まらせ、小夜は返答に迷う。

わたしは、石蕗家の人間です。そう伝えたらどうなる? 頭にあったのは、父がいつも、己の武勇伝のように語っている話だった。

――久我原の大将の片目を奪った。

その大将という人物は、おそらく柳之助の祖父だろう。

久我原家の人々にとっては、恨みに思うであろう出来事だ。柳之助だって、嫌悪しているかもしれない。石蕗家のことを……石蕗家にとっての久我原家のように。

臆病な気持ちに流されそうになって、だめだ、と首を横に振った。

取り繕っては、だめだ。柳之助は本音でぶつかってきてくれた。嘘偽りのない己の姿を、小夜の前に晒《さら》して求婚してくれた。

怖くても、真実を告げるべきだ。それが礼儀というものだ。

「わ……わたしは、お察しのとおり、士族の娘です。祖父は、旧幕府軍の人間でした。久我原家への恨みを忘れるなと、父によくよく言い聞かせられて育ちました」

「旧幕……それは、ショックを受けても無理はないね」

「でも、それだけで逃げたわけではありません。衝撃だったのは……その、柳之助さまも、お聞き及びだと思います。わたしは……わたしの苗字は、石蕗だからです」

告げた瞬間、わずかに、柳之助の背すじが伸びた。

「つわ、ぶき」

反射的に繰り返した声は、凍りついている。ああ、知っているのだ。わかっているのだと小夜は理解する。互いの家の間に、並々ならぬ因縁があることを。

「ご家老の……？」

「そうです」

柳之助は、参ったというように片手で目もとを覆う。

小夜は、酷く悪いことをしている気分になった。

「隠しているつもりはなかったんです。名乗る必要性を感じなかったから……というのは、言い訳ですよね。わたしはたぶん、家の外では自分以外の誰かでありたかった。ひ弱で不自由な本当の自分とは、別の誰かでありたかった。手前勝手な自己満足です」

「そんなことはない」

「柳之助さまこそ、失望なさいましたよね。わたしの祖父は、柳之助さまのご先祖さまの片目を奪った人間ですもの」

「まさか、失望などしないよ。だが、こんな偶然、信じられない。石蕗家のことなら、父から聞いている。僕たち久我原の一族を、今も、恨んでいると」

「身勝手ですよね。報復しておきながら、今も恨むなんて。本当に、申し訳――」

言い掛けたところで、柳之助がいきなり振り返る。

「謝ってはいけない！」

腰に巻きついていた小夜の手を取り、求婚のときより切実な瞳で小夜を見下ろす。

「きみが詫びるのは間違いだ。先祖と僕たちは、別の人格だ。そうだろう」

「柳之助さま……」

「きみが背負わなければならないものなんてない。もちろん、僕にだってない」

決意の陰にあった後ろめたさが、すっと軽くなる。

まるで、憑き物が落ちたようだ。

背負わなければならないものなんてない――目頭が熱い。

「互いの祖父の間に何があったとしても、僕はきみが好きだよ、さよちゃん」

ぼろぼろと涙が溢《あふ》れてくる。冷たい雨が伝ったあとを、温かく流れて胸もとに落ちる。ありがとうございますと言いたかったのに、しゃくり上げてしまって声にならなかった。こちらこそ好きだ。

どんな因縁があろうと、柳之助でなければだめだ。

「たくさん悩んで、それでも僕を訪ねてきてくれたんだね？」

震えながら頷けば、腰に腕を回され、抱き寄せられた。

そっと口づけられて、己の唇がすっかり冷えていることを知る。寒い。思い出したように迫り上がる悪寒に背中を押され、小夜は柳之助の胸に顔を擦り寄せた。

遠くで、甘える猫のようにコロコロと雷鳴が轟《とどろ》いた。


二人掛けの長椅子は、仰向けに寝かされると雲のようだ。

こんなにふんわりとしたものに、背中を預けたことは今までになかった。床がどれだけ遠いのかもわからず、不安なはずなのに、小夜は圧倒的な安心感の中にいた。

「さよちゃん……」

上から覆い被さってくる柳之助の、重みがすこぶる心地いい。

そうだ。彼さえここにいてくれるのなら、何も心配はいらない。

だから、着物や袴が次々にはだけさせられても、小夜は抵抗しなかった。むしろ、濡れた着衣のままでは寒さが増すばかりだったので、脱がされてほっとしたほどだ。

(まだ、寒い……)

柳之助に、温めてほしい。

そうしてたくましい首に腕を絡めるのに、危機感がなかったわけではない。柳之助だって男だ。裸で抱き合えば、理性的なままでいられないだろう。それでもよかった。

想いを伝え合い、通じ合って、それで？　この先、ふたりはどうなる？

未来に望みがないのであれば、今、向かい合えているこのときに、一生消えない想いの証《あかし》を
この身に刻んでほしかった。

「つん、ん……ぅ」

肌襦袢《はだじゅばん》を奪う手を、補佐するように身を捩《よじ》る。

溶け出しそうな柔らかさの舌で口内を混ぜられ、瞼がとろんと半分下りる。

「ふ……う……」

白い乳房は、一瞬にして、覆い隠すものなく露《あらわ》にされた。

普段、着物の内にきっちりと押さえつけられている膨らみは、とにかく豊満だ。小ぶりな西瓜《すいか》ほどの重量を備え、かつ腰も腕も細いから、余計にはち切れそうに見える。小夜自身、身体が弱いのはここに栄養が偏っているからではないかと思うほど。

キスの合間に息を吐けば、合わせて乳房も揺れて、柳之助が唾を呑む気配がした。

（恥ずかしい……はずなのに）

もう、よく、わからない。

まるで羞恥心に関連する感覚が、まんべんなく痺れてしまったかのよう。

より熱心になった口づけに応え、吸われるままに舌を差し出す。間近に聞こえる水音が、窓の外の雨垂れと相まって降り注ぐように聞こえる——心地いい。

「ん、ん……ぁ」

口の端から唾液をこぼしつつも、小夜は夢中になってキスを味わい続けた。舌先を甘噛みされるのも、上顎をチロチロとくすぐられるのも好《よ》くて、うっとりしてしまう。

と、右の乳房にそっとあてがわれるものがあった。柳之助の掌《てのひら》だ。

反射的に肩を跳ね上げれば、唇を少し離される。

「触れられるのは、嫌かい？」

「……い、いえっ」

驚いただけだ。嫌なはずがない。むしろ。

「柳之助さまの手、大きくて、温かくて……もっと、もっと」

隅々まで触れて欲しい。

潤んだ瞳でねだれば、柳之助は身体を下にずらして左の乳頭に唇を押し当ててきた。

「あ……！」

まさか胸の先にまで口づけられると思っていなかったから、予想外に声が大きくなる。鼻にかかった響きがやけに甘ったるく聞こえて、ドキリとした。

右手で口を押さえようとすれば、指を絡められ、阻まれる。

「綺麗だ。今日こそ、本当に、僕はきみを食べてしまいたい」

はあ、と降ってくるため息が、熱い。

油断した瞬間、大きく口を開けた柳之助に、胸の色づいた部分を頬張られた。

「ン、ぅ、うっ」

それは、小夜が十八年間生きてきて初めて知る感覚だった。

触れられているのは、胸の先というごく狭い部分だ。それなのに、全身のうぶ毛といううぶ毛をいっぺんに撫でられたみたいにこそばゆかった。

いや、こそばゆいなどという言葉では表現できない。

身体の奥底で眠る、野性の感覚を強引に揺さぶり起こされていく。

「りゅ、」

柳之助さま。

呼ぶ暇も与えられず、じゅうじゅうとそこを吸われる。生温かい舌の感触と、甘痒い刺激に身を捩って、小夜はわずかに唇を開閉させた。

「ぁ、……っ」

呼吸がどんどん浅くなる。

身体中の神経が、胸に与えられる刺激と直結して、柳之助に支配されていく。

「は、っ、ぁ……はぁ、っ」

両方の先端にたっぷりと柳之助の唾液が絡むと、次に膨らみを左右ばらばらに捏ねられた。

時折、いたずらに頂《いただき》を弾く人差し指は、弾力を愉《たの》しんでいるかのようだ。

（柳之助さまの、手……めちゃくちゃに動いて、指が、乳房に埋まって……っ）

これではまるで、睦《むつ》み合っているようだ。いや、そうならいいのに。

思うままにされているのだと思うと、ゾクゾクするほど嬉しかった。このまま存分に捏ね回され、柳之助の手に馴染むものに変えられてしまってもいいと思う。

「離すつもりはないよ」

そうしてより硬くなった胸の先端を、柳之助はちゅ、ちゅ、と吸いながら言う。

「必ず、きみを……貰い受ける。生涯、添い遂げてみせる」

「ふっ、う、ンンっ」

「僕の父にも、きみのご家族にも、許してもらえるまで……諦めはしない」

固い決意を聞く間も、小夜の全身はひくひくと跳ねていた。胸の頂を舐められるたび、膨らみを捏ねられるたび、額には汗が滲んでいく。

あんなに寒かったはずなのに、漏れる吐息すら熱い。

「は……っア、柳之助、さま……冷えて……る」

いつの間にか冷たくなっていた男の首を引き寄せ、今度は小夜のほうが温め返してあげようと思ったのだが、途端、太ももをぐいと広げられてしまった。

「や、あ！」

秘所にあてがわれた指はやはりひんやりしていて、びくりと腰が揺れる。

割れ目に沿って撫で上げられると、小夜の身体はみるみるのたうっていった。

「っ、あぁあ、あっ、ひっ……！」

怖い。喉の奥に直接触れられているかのよう。

途端、目が覚めたようになり、小夜はたちまち焦りだす。

「待っ……柳之助さま、待って、ぇ」

なんてことを。やはり、これ以上はいけない。だってこれは、子を為すための行為だ。もしもこのまま最後まで事を為して、万が一、孕《はら》んでしまったらどうする？

許される相手ではないのに。

「……痛い？　それとも、怖いかい」

「こ、わい……怖い、です」

破滅への道を突き進んでいるみたいで、怖い。

左の手の甲で滲む涙を隠したら、額に軽く口づけられた。

「僕も、怖いよ」

想像もしていなかった返答に「え……」呆けた声を漏らせば、柳之助は言った。

「怖くないはずがないだろう」

「柳之助さまも……？」

「そう。それでも、きみが欲しい」

額から右のこめかみ、頬へと、柔らかなキスが流れていく。鼻先に口づけた唇がかすかに震えて感じられて、小夜はそろりと左手を退かす。

真上から、祈るように柳之助が小夜を見つめていた。

西洋人形の如く端整な顔、図書室で、何度も見惚れたまなざし――。

「欲しいんだ、さよちゃん」

その瞳に宿る緊張感が、同じ恐怖を共有していた。

こくりと喉を鳴らせば、止まっていた脚の付け根への愛撫が再開する。

柳之助の指が前後するたび、鋭い刺激が下腹部を転がった。遠くに聞こえる雷が、こま切れに落ちてくるような錯覚――怖いが、不思議と愛おしい。

稲妻はややあって、未開の狭道に狙いを定める。

ビリビリとした痺れが、内側を侵食する。

「ふ、ぁあっ」

必死で痛みに耐える小夜に、柳之助は繰り返し口づけをした。

我慢ならなければ噛んでもいいというふうに舌を含ませられたが、その柔らかさこそが小夜の苦痛を逃がしてくれた。指は穿《うが》たれる。慎重に、少しずつ、奥へと。

「りゅ、のすけ……さま……っ」

じりじりとしたその動きは、小夜のためを思えばこそだ。

大事にされている。しかし遅々として進まぬ指が、小夜は焦れったくてたまらなかった。もっと早く、深く来て。一気に貫いて、柳之助のものにして。

（やっぱり、してほしい。もう、どうなってもいい）

涙目で訴えれば、察したように指が引き抜かれる。下腹部を襲う虚《むな》しさに震えたら、柳之助が身体を上にずらしながら覗き込んできた。

「誓ってくれないか、さよちゃん」

「誓う……？」

「僕にとって、生涯妻がきみであるように、きみにとっても僕だけだって」

「も……もちろんです。誓います」

「今日から僕たちは、つがいだ。何があろうと、魂だけは決して離れない」

密やかな宣誓ののち、脚の付け根には重々しいものが押し当てられる。

繊細にそこをほぐそうとしていた指とは、あまりに違っていた。無骨な硬さ、見事なその大きさに、小夜は耐えきれず唸《うな》る。

「ん、ぅ……く……っ」

処女の入口は、もはや裂けてしまいそうだ。

先端だけでこんなにも苦しいのに、すべてを受け入れたらどうなってしまうだろう。身体が内側から弾けてしまうのではないか。痛みと怖さで、全身が硬くなる。でも。

小夜は腰を引かなかった。ますます脚を左右に開き、柳之助を導き入れる。

（柳之助さま、柳之助さま……っ）

こちらを見下ろす柳之助の表情もまた、いよいよ苦しそうに歪んでいた。

ぐ、ぐ、と少しずつ腰を落としながら、低く呻く声が切ない。

長椅子が軋《きし》み始めると、小夜はああ、やはりここは雲の上ではなく海だと思った。波間にふたり、浮いているようだ。高く、低く揺れては、遠いところへ流されていく。

どこまでも――ふたりすら知らない、どこかへ。

3　ひみつのデート

雨に濡れて寒い思いをし、そのうえ破瓜《はか》まで経験した小夜は、あのあとたちまち大熱を出した。自力ではブーツも脱げず、帰宅後、玄関で倒れ込んでしまったほど。

おかげで、帰宅が遅くなったことを咎められはしなかったが（家族一同、叱る機会を逸したようだ）、寝たきりの生活はすでに五日も続いていた。

（柳之助さまと……わたし、してしまった。つがってしまったのだわ……）

布団の中でほうっとため息をつき、恍惚と思い出すのは雨音の中の艶事――。

後悔はしていないが、後ろめたさはすこしある。貞淑に、と育てられてきたのに、結婚前に異性に一糸纏わぬ姿を晒しただけでなく、直に触れられ、口づけられた。

そしてあまつさえ、操《みさお》を捧げてしまった。

褒められた行動ではないと思う。

重々、承知している。

『ちょっと待ってて。一階のおかみさんに、着物を一式借りてくるよ。びしょ濡れのままじゃ風邪を引くからね。帰りは、自宅まで車で送ろう。そのとき、お父上にご挨拶させてもらいたい』

情事のあと、柳之助はそう言った。

隠したところで、いずれは露見する。そのとき卑怯者になるより、最初から正々堂々と身の上を明かし、許されるまで頭を下げようというのが柳之助の考えだった。

つまり残らず責任を負うつもりで、肌を重ねたというわけだ。

『ありがとうございます。お気持ちは嬉しいです、けど……』

『けど？　ひょっとして、お父上に殴られることを危惧している？　大丈夫、そんなのは覚悟の上だよ。生半可な覚悟で手を出したわけじゃない』

『それも心配ですけど、その、それだけじゃなくて。父は、とにかく昔気質《かたぎ》なんです。御一新前の時代から、生きていたんじゃないかってくらいに』

しかしそれだけ楽観視できるということは、柳之助の家族はつまり、話せばわかる人たちなのだろう。羨《うらや》ましいくらいに、小夜の家族とは違う。

石蕗家では、女だてらに働こうとしただけで勘当されるくらいなのだ。母だって味方ではないし、父と同じ思想を持つ兄ふたりの存在も無視できない。

柳之助との結婚に大反対された挙句、別の男と無理やり結婚させられる恐れもある。そうなってしまったら、それこそ二度と状況をひっくり返すことはできなくなる。柳之助と引き離されて生きるなんて、考えたくもない。

『だから……その、ごめんなさい……』

『どうして謝るの？　それは、僕との結婚を諦めるということ？』

『いえっ！　諦めません。わたしだって、一日も早く柳之助さまのもとに参りたいです。でも、だからこそ、取り返しのつかないことになったらと思うと、怖くて』

柳之助はそこで、ようやく事態の深刻さを理解したらしい。

『そうか』と腕組みをして唸った。

『わかった。ではしばらく、僕らの関係は極秘としよう』

『極秘……』

『ああ。正攻法で通じないなら、まずは手札を増やすところから始めるんだ。きみはなるべくご家族の趣味嗜好、考え方などを僕に教えてほしい。いいかい』

『い……いいですけど、手札って、何をするおつもりですか』

『もちろん交渉だよ。結婚の話し合いにビジネスライクな概念は持ち込みたくないけど、イエスと言わせるだけの材料は用意しておいたほうがいい。それから……』

そこで、柳之助はぽかんとする小夜に気づいたらしい。

『僕、まだきみに打ち明けていなかったかな。僕の本職は、外交官なんだ』

明かされた正体に、目を瞬いてしまう。

外交官。政府のお役人だ。驚くと同時に、頭には以前聞いた話が甦ってくる。不平等条約の改正に尽力したお歴々に憧れていたとか――。

『まあ……。では、柳之助さまは交渉の達人なんですね』

『いや、そんなに大層なものじゃないよ』

『何をおっしゃるんですか。わたしには考えられないくらい、すごいことです！』

興奮のあまり身を乗り出して言うと、柳之助はぐっときたように答えに詰まった。

頬をわずかばかり赤らめて、照れた様子でボソボソと言う。

『……さよちゃんは毎度、僕に勿体《もったい》ないくらいの自信をくれる』

勿体ないだなんて謙遜《けんそん》だ。目の前の彼が、小夜にはひときわ頼もしく見える。

そういうことなら、安心して任せてもいいのかもしれない。あの父だって、説得できるかもしれない。そう、柳之助にならば。

『ひとまず、きみは探偵になりきること。次は、そうだな。二週間後に逢おう。それまでに頼むよ。できるね？』

『はいっ。わたし、頑張ります！』

意気込んで、小夜は柳之助の別宅を出た。

小石川の屋敷まで、柳之助が手配した人力車で向かう。

雨を吸った衣類は冷たく、重く、動きにくかったが、我慢して身につけていた。他人の着物を借りて帰ったとして、上手な言い訳をする自信がなかったからだ。風を切って進む車上、それで余計に身体が冷えたに違いない。

屋敷近くまでやって来たときには、すっかり熱が上がっていて、あの朦朧とした状態で、よくぞ門の外から玄関までたどり着けたものだと思う。

(早く布団から出て、家族のこと、調べたいのに……)

熱は一向に下がる気配がない。

次の約束が二週間後でなければ、どんなに焦っただろう。先週末と決めていたら、危うくすっぽかしてしまうところだった。こんなときは、自宅に電話機があればと思う。いや、あったとしたって、柳之助と連絡を取り合うのは至難の業《わざ》だろうが。

「……さぁちゃん、いる?」

すると障子戸《しょうじ》の向こう、廊下のほうから声がする。女の声だ。

ひそめてはいるが、さっぱりとしたその口調に小夜は聞き覚えがあった。

「ええ、いるわ。入って」

頭を浮かせて答えると、障子戸が少し開き、細身の女性がするりと入り込んできた。

花柄のワンピースに小ぶりの鞄、ポマードで固めた耳かくしにコサージ付きの帽子でめかし込んだ彼女は、石蕗家の第二子にして長女――小夜にとっては唯一の姉だ。

そう、女だてらに仕事を持ち、父に勘当されたという件《くだん》の茜である。

「久しぶり。具合はどう?」

「茜姉さま、ああ、何か月ぶりかしら！」

小夜はぱっと顔を輝かせ、身体を起こそうとした。久々に会えたのだ。じっとしていられるわけがない。すぐに「だめ」と止められたが。

「お熱なのでしょう？　先週から寝込んでいるって女中たちが教えてくれたわ」

「でも、大したことは」

「大したことがなくても、大事にしなきゃ。あのね、すももをお土産に持ってきたのよ。台所にあるから、あとでこっそり食べてちょうだい」

そうして念を押すように、人差し指を顔の前に立てて見せる。

「あくまでも、こっそりよ。ね」

茜は勘当されているが故、小夜を訪ねてくるときは毎回こんなふうだ。勝手口で女中に頼み込み、内緒で中に入れてもらっているらしい。父はもちろん、母にも兄たちにもわからないようにやってきて、小夜にだけ顔を見せて帰っていく。

そしてこの姉の気まぐれな訪れを、小夜はなにより楽しみにしていた。

「ありがとう、茜姉さま。すもも、大好き」

「でしょう」

「茜姉さまが、わたしの好きなものを覚えていてくれたのが、いちばん嬉しいわ」

顎の下まで布団に埋まったまま、うふふと笑う。

地味な障子戸の手前に、鮮やかな花が咲いたようだ。はいからな茜は目にも華やかで、その姿だけで小夜の気持ちを明るくしてくれる。

「忘れっこないわ。さぁちゃん、みっつのときにすももを食べて、もっと欲しい！　って大泣きしたでしょ。一兄が当たり前のように自分のぶんを全部差し出すものだから、私と秀はすごく焦ったのよねえ。長男に食べさせないわけにもいかないし、って」

「そ、そうだったかしら」

「ふふ、覚えていないわよね、みっつの頃のことだもの。あの小さかったさぁちゃんが、もう十八よ。世間一般では、結婚していてもおかしくない年齢だなんてびっくりしちゃう」

人のことは言えないけれど、と明るく笑う茜には嫌味がない。別の人から同じように言われたら落ち込みもするだろうが、そんなふうには感じなかった。

「最近ね、職場の人がうるさいったらないの。見合いをしろとか、そろそろ子供を産むべきだとか。しまいにはお客さまにまで縁談を持ちかけられちゃって」

「えっ、お客さまにまで？」

「そう。実家を出さえすれば古い価値観から解放されると思ったけど、そんなに甘くはなかったってわけ。私は今、仕事が楽しいの。もっと自由に働いていたいのよ。それなのに行き遅れだとか、不憫《ふびん》だなんて一括りにされるのは心外だわ」

茜のぼやきは、立場の違う小夜にもなんとなく理解できる気がした。

読書などやめろ、そうして誰か適当な男に嫁げ、そして早く子供を産めなんて言われたら、不満なんて通り越して怒りが湧いてくるに違いない。

するなと「やだ」と茜は我に返ったようだ。大きな瞳を、ぱちぱちさせる。

「いけない。私、愚痴を言いに来たんじゃないのよ。そう、忘れないうちに尋ねなくちゃ。さぁちゃん、ココアは好き？」

「ココア……？」

缶入りの粉のココアなら、去年あたりから商店で売っているのを見かけるようになった。同級生が美味しいと話しているのも聞いたことがある。小夜はと言えば、父が「あんな得体の知れないもの、買うな」と言うから、未だありついたことはないのだが。

「いただいたことがなくて……。でも、一度は飲んでみたいと思ってるわ」

「そう。じゃあ今度、持ってくるわね。私、最近、あちこちの茶屋を巡って甘いものを食べ歩くのが趣味でね。行きつけの店で仕入れすぎちゃったからって、今度、分けていただくことになって」

「本当？　嬉しい！」

「ふふ。楽しみにしてて。近いうち、またこっそりやってくるから」

「ええ。ええ、ありがとう、姉さま！」

茶屋に行きつけがあるなんて、流石は茜だ。自立していて、なんて格好いいのだろう。

嬉しい気持ちで頷いた小夜は、ふと思い出す。

「ところで茜姉さま、ちょっと聞いてもいい？」

「どうしたの？」

「お父さまの好きなもの、大事なものって何かしら？　苦手なものでもいいの。知っていたら教えてもらえない？」

例の情報収集だ。姉が犬猿の仲たる父の趣味嗜好に詳しいとは思えないが、念の為と、そしてほかの家族に尋ねる前の練習として。

「そうねえ。お父さまがお好きなのは武家魂で、嫌いなのは軟弱な男と小賢しい女でしょうね。あとはあれ、そう、久我原家への恨み。執念深くて嫌になっちゃう」

「あ、ああ……」

やはりそうか。

「でも、そんなことどうして聞くの？」

「えっと、それは」

実はわたし、好きな人ができてね。その人と結婚したいと思っていて、だから。

喉もとまで出かかった言葉を、小夜はぐっと呑み込む。目下、ふたりの関係は極秘だ。柳之助がそう言ったのだ。勝手に打ち明けてしまうわけにはいかない。

本当は、姉にだけは聞いてほしいけれど。

「どうしたの？」

「ううん、なんでもない。ちょっと聞いてみただけ」

申し訳ない気持ちで、小夜はかぶりを振る。

茜は不思議そうな顔をしていたが、その後、母の呼ぶ声が聞こえてきたことで逃げるように部屋から出て行ってしまった。小夜の部屋は南が襖《ふすま》で隣の部屋に繋がっているから、姿をくらますのは難しくないのだ。


数日後、小夜は普段どおりに家を出た。

「では、女学校へ本を読みに行ってまいります」

本を読みに行く、というのはもちろん嘘だ。

「気をつけるのよ、小夜」

「はい、お母さま」

手を振る母に内心（ごめんなさい）と詫びて、いつものように人力車で女学校へ向かう。

柳之助との約束の時間まで、あと十五分。まずまずの時間だ。

今日は、想いが通じてから初めての逢引きだ。どうにか、熱が下がってよかったと思う。身体の調子が少しでも芳《かんば》しくなければ、父から外出禁止を言い渡されるところだった。

（もういらしてるかしら、柳之助さま）

馴染みの俥夫に別れを告げ、はやる気持ちを抑えて正門をくぐる。

待ち合わせ場所は、裏門の外だ。女学校を経由すれば家族に怪しまれずに柳之助と落ち会えるからと、小夜のほうから提案したのだった。

裏門の先は雑木林になっているし、正門と違って人通りも少ない。密《ひそ》かに逢うにはもってこいの場所で、我ながらいい思いつきだったと小夜は思う。

早足で校舎裏を抜けると、門柱の傍《かたわ》らに赤茶色の背広の背中を見つけた。つばのあるハットを被っていて頭の形は窺えないが、あの背格好は間違いない。彼だ。

「りゅ……」

柳之助さま、と呼び掛けようとして、呑み込む。

彼の周囲に女学生らしき人影があったからだ。二人、いや、四人はいる。

「谷敷先生、今日は授業をしていただけませんの？」

「せっかくですから、校内に寄っていらしてくださいな」

女学生たちは口々に言って、柳之助を学校の敷地内へと引っ張り込もうとしている。柳之助が困り顔で断っても、摑んだ腕を離さない。

小夜は猛烈に悔いる。

柳之助は女学校内で人気の教師だったのだ。こうなることを想定すべきだった。

「すまない。今日は別件なんだ。きみたち、そろそろ授業へ戻らないか」

「別件ってなんです？　先生が答えてくださらなければ、戻るに戻れませんわ」

声を掛けたほうがいいだろうか。おやめなさいと、注意すべき？

いや、だが、柳之助が個人的に逢っている女性がいること、それが図書室にたびたび現れる卒業生だということは知られないほうがいい。

考えあぐねて逡巡していた小夜は、そのときふと、あることに気づいた。

(柳之助さま……？)

彼の右手が、身体の後ろで開いたり閉じたりしている。まるで背後にいる小夜に向けて、特別な合図を送っているかのように——いや、実際、そうなのだろう。

続けてちょいちょいと指で示されたのは、門を出た先にある雑木林だ。ここは大丈夫だから、先に行っていてほしいと柳之助は言いたいらしい。

小夜はふっと笑ってしまった。

スパイか探偵か秘密組織か、なんだかそんな雰囲気だ。

「ほら、もう行かないか。このままきみらを足止めしていては、僕が学校長に叱られてしまうよ。そうなると、今後、こうしてここに近寄ることすら叶わなくなる」

「えっ、それは困りますわ！」

「だったら、もう行きなさい」

諭す柳之助の脇を、小夜は軽やかな足取りで通り過ぎる。女学生たちはぶうぶう言っているが、小夜は口もとが緩んでしまいそうだった。

まるで、物語の主役になったかのよう。

心臓がどきどきして、痛快で、生きているという実感が湧いてくる。

柳之助が追ってきたのは数分後、小夜の姿がすっかり枝葉に隠されてからだ。

「ごめん！」

息を切らしてやってきて、真っ先に頭を下げる。

「門柱の陰に隠れていたんだけど見つかってしまって。注意が足りなかったね。待ちぼうけさせてすまない。この通りだ！」

両手まで合わせられて、小夜は「いえっ」と仰け反ってしまう。

「わたしのほうこそ考えが足りなくてごめんなさい。女学校を経由すれば自分のアリバイは確保できるからって……柳之助さまのことまで頭が回らなくて」

「そんなことはない。僕がもっと深く考えるべきだったよ。嫌な思いをさせたね」

気遣いたっぷりに柳之助は言ったが、小夜はついつい笑ってしまう。

「嫌な思いだなんて、とんでもない。わたし、楽しかったです」

「楽しかった……？」

「はい、とっても！　だって、なんだか胸がすくようでした」

柳之助に夢中な女生徒たちには申し訳ないが、少々優越感まで覚えてしまった。

密かな合図にも心躍ったが、なにより、糸電話のように細いもので、ふたりが繋がっているかのような感覚――あんなの、初めてだった。

くすくすと小夜が笑えば、柳之助は参ったというふうに口角を上げる。

「……本当に、きみには敵《かな》わないな」

そして、さりげなく左手を差し出した。

摑まって、と言いたいらしい。

緊張しつつもその手を取れば、優しい体温に前回の睦み事が脳裏をよぎった。重なった肌、触れた唇、うっすらと滲んでいた汗……思い出しただけでドキッとする。

戸惑い、赤くなった小夜を、柳之助はゆっくりと小道の先へ導いていく。

「身体の調子は、その後、どうだい？」

「っだ……大丈夫です」

「大丈夫？　本当に？」

今は、顔を覗き込まないでほしかった。

さらに深く俯《うつむ》き、小夜はこくこくと頷く。

生ぬるい風が、さあっと木々を揺らしながら通り過ぎた。いつまでもこうしていたいような、逃げ出したいような……いや、やはりずっとこのままでいたい。

「心配していたんだよ。きみが、寝込んでいるんじゃないかって。そうだ、ご家族は？　帰宅が遅くなって、叱られたりしなかったかい」

「いえ。その、寝込んだおかげで、叱られる機会を失ったと言いますか……」

「やはり寝込んだんだね。すまない、何もしてやれなくて」

「あっ、いえ、お気になさらないでください！　いつものことですから」

「気にするなと言われても、気になるよ。当然じゃないか」

そう言った柳之助は、握った手を軽く引く。

思わず視線を上げた小夜は、目の当たりにしてしまった。己の手の甲に、愛おしそうに口づけられるさまを――思わず、飛び上がってしまう。

「きみは、僕にとって唯一の女性で、誰より大事な人で……きみを失くしたら僕は、一生独り身でいる覚悟なのだからね」

頬だけでなく、額、耳、両脚から両足の先までもが、かっと燃えるようになる。

(もう、もうもう……っ)

求婚された日から感じていたが、柳之助の愛情表現は過剰だ。

しかも本人、自覚していないようなのが、余計に厄介だと小夜は思う。

海外を巡って、日本以外の文化にも触れてきた所為に違いない。一般的な男性ならば、決してしないであろうことを照れもなくやってのける。慣れない小夜は、そのたびにどうしたらいいのかわからなくなって、身悶《みもだ》えさせられてしまう。

「どうしたの？」

「い……いいえ、なな、なんでもありません」

「七？」

「っちが、その、わた、わた……し」

「綿？」

そうではない。が、もう、何を言いたいのかもわからない。

混乱も手伝ってますます真っ赤になる小夜を、柳之助は微笑ましそうに見る。

「具合が悪くなったら、いつでも言うんだよ。言いにくかったら、僕の袖を引くのでもいい。

そうだ。無理だというときの合図を、それにしようか」

頷きかけて、すぐにやめた。

無理だとしても、袖なんか引かない。引けるはずがない。だって、手加減など望んでいない。

そう、柳之助の過剰な愛情表現も、恥ずかしいけれど好きだ。

（今日も……口づけ、するのかしら……）

いや、いきなり何を考えているのだろう。浮かんだ不埒な考えをすぐに掻き消そうとしたが、
想像はみるみる小夜の脳内をいっぱいにしてしまう——眩暈がする。

「この店、女学校に居場所がなくてうろついていたときに見つけたんだ。なかなか美味い珈琲を出してくれるよ」

　雑木林を抜けたあと、案内されたのは和菓子店だった。木造平屋の建物は正面の引き戸を開け放ち、土間の手前にガラスの陳列棚が置かれている。

「和菓子のお店で、珈琲ですか？」

「そう。変わってるだろう」

　住宅街の裏路地をさらに奥に入った立地で、看板も出ていないから、知る人ぞ知る店なのだろう。土間を覗き込むと、隅のほうに四角い卓がふたつばかり置かれ、近くの壁に『珈琲あり〼《ます》』との筆字の貼り紙があった。ほかに客の姿はない。

「いらっしゃい。今日も珈琲かね？」

　迎えてくれたのは、小柄な年配の男性だった。慣れた様子で、柳之助は頷く。

「うん。さよちゃんはどうする？　ここ、ココアもあるよ」

「本当ですか!?　ぜひ、ぜひそれをお願いしますっ」

　向かい合って席に着きながら、小夜はワクワクして踊り出しそうだった。茶店が初めてとは言わない。買い物ついでに、母と一緒にお茶を飲んだ経験くらいはある。

　しかし、家族以外の誰かと、というのは初めてだ。

しかもココア――茜から貰うより先に、飲めるとは思わなかった。

(嬉しい、嬉しい！)

つい頬を緩ませていると、柳之助がじいっとこちらを見ていることに気づく。

「……あの……？」

「うん？　ああ、ごめん。あまりにも可愛くて」

またもや囁かれた甘い言葉に飛び上がれば、テーブルの端に置いていた手をさりげなく握られた。じゃれるように、指先をするりと絡められる。

「……っ」

突然、なんて大胆なことをするのか。

小夜は思わず店主のほうを振り返った――ココアの缶を開けようと奮闘していて、こちらの様子には気付いていない。よかった、と安堵したのも一瞬で、柳之助は絡ませた指をゆるゆると誘うように動かしながら、言う。

「さて。落ち着いたところで、相談したいことがある」

「な……なんでしょうか」

「実はここ二週間、どうしたものかとずっと考えていたんだ。というのも僕たちには確実迅速な連絡手段がない。きみは手紙も家族を介して受け取ることになるだろうし、すると最悪、交際していることが知られてしまう」

真面目な話なのだろうに、頭に入ってこない。

店主に気取《けど》られる前にと手を引っ込めようとしたが、させてもらえなかった。すこしでも触れていたいのだとばかりに、絡めた指でそっと手の甲を包み込まれる。

「きみのお屋敷の女中にひとり、味方を作るという手も考えた。だけど、それではいざ僕たちの関係が露見したとき、その女中も巻き込んでしまうだろう。かといって偽名を使って、嘘に嘘を重ねるのはよくない。ただでさえ、内緒の恋なのに」

呼吸がたちまち浅くなる。酸素が足りないのか、目の前がきらきらしている。もういけない。意識が今にも、弾け飛んでしまいそう——我慢ならなくなって、小夜が瞼をぎゅっと閉じたときだ。

ばさっと、何かが地面に落ちる音がする。店の軒先からだ。

反射的にそちらを見た小夜は、目を見開き、そして凍りついた。

「さ……さぁちゃん……？」

田舎の住宅街に似合わぬ前釦《まえボタン》のワンピースに、いつもの花つきの帽子。足もとに落とした手提げもそのままに、彼女は驚いた顔で小夜と柳之助を交互に見る。

「どういうこと？　そちらは誰？　内緒の恋って聞こえたけれど」

「あ、茜姉さま」

「お見合い……だったら、内緒なんて言わないわよね。何か、わけがあるの？　ううん、ちょっと待って。彼、どこかで見た覚えがあるわ。そう、百貨店で、仕事中に……そうよ、あなた、久我原伯爵の、ご嫡男の」

いけない、知られてしまった。しかも柳之助の素性まで——。

混乱しきりの茜に、小夜は何か言わねばと口を開いて、しかし何も言えなかった。何をどう説明すればいいのだろう。頭が真っ白で、言い訳すら思い浮かばない。

(どうしよう。極秘だって、そう決めていたのに)

しかし思い出してみれば、茜は甘味処を巡るのが最近の趣味だと言っていた。このような店に入ったら出くわすかもしれないと、少しは警戒すべきだった。

「もしかして、ご家族……なのかい」

茫然と尋ねる柳之助に「姉です」と、掠れた声を絞り出すので精いっぱいだ。最悪の想像が頭を占める。もしも、このことがほかの家族にまで伝わったら。父に知られたら——終わりだ。

すると、おもむろに柳之助が席を立った。

「申し訳ありません！」

小夜を庇《かば》うように背に隠し、いきなり茜に向かって頭を下げる。

「大事な妹さんをたぶらかす輩《やから》とお思いでしょうが、僕は真剣です。小夜さんをいずれ、いや、今すぐにでも貰い受けたいと考えています。生涯、大切にする所存です。愛しているんです。小夜さん以外、考えられません。ですから——」

まるで、父に相対しているような口ぶりだ。

珈琲豆を挽《ひ》いていた店主が、そこで顔を上げてギョッとする。直前の会話は豆を挽く音で聞こえなかったのか、いきなり何が始まったのかと言わんばかりの表情だ。

そんなことは気にも留めずに柳之助は続ける。

「お父上に突き出すのであれば、僕ひとりにしてください。彼女は何も悪くない。僕の想いに応えてくれただけなのです。全面的に、悪いのは僕です」

責任を一手に負おうという、誠意ばかりのその言動に小夜は泣きそうだった。

柳之助ひとりが悪いなんてことは、絶対にない。

家族を欺《あざむ》いてまで、この恋を貫こうと決めたのは小夜だ。しかしそれだけの覚悟を、柳之助がしてくれていたこと——目の当たりにした情熱に、胸がいっぱいになった。

（柳之助さま……）

小夜は潤んだ目尻を押さえつつ、彼の右隣に立つ。

そして言った。

「茜姉さま、内緒にしていてごめんなさい。わたし、彼のことが好きなの。お願い、このことはお父さまには言わないで。どうか、秘密にして……お願いよ」

深々と頭を下げると、茜は面食らったのだろう。少々仰け反り、こくりと息を呑む。

それから、まるで気持ちを落ち着かせるように長いため息を吐く。のちに、茜は「話を聞かせて」と短く言った。

淹《い》れたての珈琲とココアもそのままに、店の隅で声をひそめて二人は語った。出逢った経緯、交際へ至ったきっかけ、結婚を諦める気はないのだということもだ。

「そういうことだったのね」

神妙な顔をして聞いていた茜は、紅《べに》を引いた唇で艶やかに笑う。

「心配はいらないわ。大丈夫、私はさぁちゃんの味方よ」

「茜姉さま……本当に？」

「ええ。秘密の交際でも、私は応援する。だってあの時代遅れの頑固親父より、可愛い妹のほうが大事に決まってるわ。ふたりのことは口が裂けても誰にも言わないから、安心してちょうだい」

心強い言葉に、小夜は胸を撫で下ろした。茜のことだ。父の味方はしないだろうとは思っていたが、柳之助との関係を認めてもらえる自信はなかった。一方、柳之助はまだ警戒を解かない。本当に信用してもいいものか、決めかねている様子だ。

するとと茜は察したらしい。自分が父に勘当されている件、その理由を話してくれた。それで柳之助もようやく納得したようだ。安堵したように、肩の力を抜いた。

「ありがとうございます。恩に着ます」

「いえいえ。柳之助さま、妹をどうかよろしくお願いします」

「もちろんです。命に代えても、お守りします」

力強く頷いた柳之助を見て、茜もまたほっとしたに違いない。椅子の背もたれに身体を預け、はあっと息を吐いた。小夜のよく知る、茜らしい安らいだ顔になっている。

「まさかよりによって久我原家の方と恋仲になるとはね。数奇な巡り合わせというか、世間は狭いというか、運命の悪戯《いたずら》というやつかしら」

「……わたしもそう思うわ」

言いながら、小夜はココアのカップを手に取った。青一色で花模様が描かれた、伊万里《いまり》焼きのカップはもう冷えている。甘く、香ばしい香りがようやく鼻に届く。

「どうしたら……お父さま、久我原家への恨みを捨ててくれるのかしら」

「そんなの難題すぎるわよ。お日様を西から昇らせるくらい」

「そう……よね」

「ねえ、いっそすべてを捨てて、駆け落ちしようっていう気概はないの？　私、応援するわよ」

「……それは」

カップを手に持ったまま。柳之助をちらと見る。目が合って、彼は気遣わしそうに口角を上げつつも、明確な返答をしなかった。

その気持ちが、小夜にはよくわかる気がした。

何もかもを投げ出し、ふたり手に手を取り合って生きていけたらどんなにいいだろう。しかし小夜も、きっと柳之助も、家族が憎いわけではない。大切に思っているし、これまで育ててもらった恩も、情もある。

だから、簡単に捨てられるものでも、捨てていいものでもないと考えている。柳之助は長男という責任もあるわけだから、小夜よりさらに複雑な思いがあるはずだ。

沈黙が続くと、茜は触れてはならぬ事情に触れてしまったと思ったに違いない。

少し焦ったように「それにしても」と明るく言った。

「柳之助さま、売り場で有名なのよ。久我原伯爵のご子息ってことを抜きにしても、この美貌でしょう。ご来店の際は、接客役を巡って喧嘩になるんですって。わたしは受付係だから直接関係はないのだけど、当日は休憩室の雰囲気がピリピリしてて」

「すみません、ご迷惑をお掛けしまして……」

「迷惑だなんて、とんでもない。仕事中に軽はずみに騒いでしまう、売り子たちに問題があるんです。でも、そんなに麗しいと、さぞかしおモテになるでしょう」

困ったふうに口角を上げた柳之助は、身に覚えがあるのだろう。

小夜からしても、想像できる事態だった。

恐らく柳之助は女学校にいたときと同様……いや、学びの場でないのならそれ以上に、女性に囲まれてしまうに違いない。

「……わたし、見目麗しいってだけで柳之助さまを好きになったわけじゃないわ」

小夜は思わず呟いてしまう。

柳之助の魅力は、肩書きや見た目では語れない。というより、それだけで語ってほしくないと思う。そんな表面的な部分で価値を測れるほど、浅い人じゃない。

すると背中にやんわりと、柳之助の掌があてがわれた。

「ありがとう、さよちゃん」

そんなふたりを交互に見て、茜はクスッと微笑ましげに笑った。

「私はわかってるわよ。彼が、とても誠実な方だっていうこと。さぁちゃんを庇って頭を下げた姿を見れば、立派な御仁《ごじん》と認めざるを得ないもの。それこそ、血すじも先祖も関係ない。私は、ふたりの結婚に賛成よ」

「茜姉さま……」

喉の奥が感激で詰まって、小夜は涙ぐんでしまった。

世界中の人に反対されても貫こうと決めた想いだが、賛成とはっきり口に出して言われると、少し心が楽になる。

柳之助に背中を撫でられながら、小夜はようやくカップに口をつけた。

茶色く濁った液体を、ほんの少しばかり口に含む。途端、背すじをぴんと伸ばす。

「お、美味しい！」

唐突だとわかっていても、黙ってはいられなかった。

ざらっとしていて、口当たりは独特だが、珈琲よりずっと飲みやすい。

「さよちゃん、ココアは初めてかい？」

「はい。なんですかこれ、とっても濃厚で、癖になります！」

「あら、気に入ったならよかったわ。この間話した缶入りココア、来週にでも持っていくつもりよ。家族には、学友にでも貰ったってことにしてくれる？　頂き物なら、お父さまだって捨ててこいとは言わないでしょ」

そう言った茜は、カップに伸ばした手をぴたりと止める。

それから瞬きもせずに何やら考え、直後、ゆるりと小夜の顔を見た。

「ねえ、私がふたりの、伝書鳩役を引き受けるっていうの、どうかしら？」

「伝書鳩……？」

「ええ。彼とさぁちゃんの、連絡の橋渡しをするってことよ。そう、私が知り合いから貰ったココアをこっそり、さぁちゃんに届けるみたいに。さっき、確実な連絡手段がないとかって話していたでしょう。ごめんなさいね、聞こえちゃって」

柳之助と、思わず目を見合わせてしまう。僥倖《ぎょうこう》だと思っていいものかどうか。

「柳之助さまへのお手紙は、さぁちゃんが直接出せるわよね。でも、柳之助さまからのお手紙は、私宛に送るか、百貨店の受付まで持ってきていただけません？　私が、責任を持ってこっそり、さぁちゃんに届けるわ。どう？」

「……でも」

それでは茜にとんでもない手間をかけさせてしまうではないか。

茜が勤める百貨店は、日本橋《にほんばし》にある。

石蕗家の屋敷まで、市電を使っても三十分では辿り着けない。小夜が自力で柳之助の自宅へ向かったほうが、ずっと近い。

そもそも茜は仕事で忙しく、伝書鳩になっている暇などないはずだ。

そう思ったのだが、茜は「遠慮しないで」と笑う。

「覚えている？　お父さまに勘当だって騒がれたとき、さぁちゃんだけが味方でいてくれたのよ。行かないでって、泣いてくれた。私、とっても嬉しかったの。だから、今度は私の番。できることはなんだってさせて、ねっ」

茜の言葉に甘える形で、間もなくしてふたりの手紙の交換が始まった。

今日は何をしたとか、どこへ行ったとか、どんな本を読んだとか。硬さのある生真面目そうな字を見ていると、小夜の胸には逢いたい気持ちが日々募った。

（そういえば、口づけ、しそびれてしまったのだわ）

そのことに気づいてからは、たまらなく触れたくなった。柳之助が触れたであろう便せんを手にするだけでもう、たまらない気持ちになるほど。

次こそは、口づけられるだろうか。その『次』というのは、いつだろう。待ち遠しくて、ソワソワしてしまう。

居ても立ってもいられず、二度目の逢引きは小夜のほうから催促した。

柳之助から誘われるのを、待ってはいられなかった。

4　茶屋の二階は大人のための

三週間後の日曜日、小夜は朝から女学校の図書室にいた。家族には、友人と落ち合うから、帰宅は夕方になると伝えてある――もちろん方便だ。

大反対されるかと思いきや、あっさり許可が下りたのは、行き先が女学校だとわかっているからだろう。以前はこの学び舎で、一日の大半を過ごしていた小夜なのだ。

「大丈夫？　着替えは済んだ？」

廊下から、茜がこそっと顔を覗かせる。目が合って「似合うわ！」と声を上げる。

「さぁちゃんは手足が細くて西洋風の体型だから、絶対に似合うと思ったのよ」

小夜が身に着けているのは、茜が持ってきた洋服だ。

前に釦が並んだ水玉模様のワンピースに、釣鐘型の帽子。レースのショールを羽織っていても、まとわりつく生地の薄さに落ち着かない。乳カバーをつけたのも、ズロースを穿《は》いたのも初めてだし、立っているだけでどぎまぎさせられてしまう。

「ほ、本当に平気？　これ、衿もとが、ずいぶん開いているような」

「あらぁ、今どきはそれが普通よ。ほら、じっとして。お化粧もしてあげる。白粉《おしろい》に、口紅はちょこっとでいいわね。うん、よし、完璧」

「う……口紅って、美味しくないのね……」

「そりゃ、子供の水飴じゃないもの。さ、出来上がりよ。堂々として。和服は淑《しと》やかなほうが綺麗に見えるけど、洋装は胸を張らなきゃサマにならないわ」

廊下を振り返って確認した茜は、行くわよ、と小声で言って手招きをする。全身、どこもかしこも落ち着かないながらも、小夜は姉の後ろに忍び足で続いた。

茜が本日、図書室を利用することは、事前に学校長に話し、許可を得てある。

しかしそれは読書という名目でだ。実は小夜が変装するため、ひいてはこのあと柳之助と落ち合うためだということは、誰にも言えないし知られるわけにいかない。

「姉さま、そこは左よ」

「左？　まっすぐ行ったほうが近道でしょ」

「ま、待っ……！」

突っ走りそうな茜の腕を摑み、左へ引っ張る。真っ直ぐに行くと、教室の窓から見られてしまう可能性があるのだ。事前に確認しておいたから、間違いない。

手水場《ちょうず》の窓から必死に抜け出し、裏門へ駆ける。

待たせておいた人力車に飛び乗れば、あとは市電の駅まで一直線だ。詰めていた息を吐き出すと、茜と顔を見合わせて笑ってしまう。

「あははっ、脱出大成功！　さぁちゃん、案外身軽なのね」

「もうっ、茜姉さまったら、予定と違うほうへ行こうとするから肝が冷えたわ」

「だって、もしもお手水の窓につっかえたら洒落《しゃれ》にならないじゃない。だから別の経路を行きたかったのよ。というのも最近、私、ちょっと肥えたのよね。やっぱり茶屋巡りの影響かしら。でも、やめられないのよね……」

しゅんとして見せる茜の手を取り、そんなことない、と言いながらもまだ小夜は笑いが止まらなかった。吹き抜けていく風が、達成感も相まって極上の爽やかさだ。

(柳之助さまと出逢うまでは、こんな自分、考えられなかったわ！)

反抗的で、大胆で、実行力があるなんて、まるで冒険譚の主人公のようではないか。

市電に乗り換えてからもなお可笑《おか》しくて、姉妹で時折くすくすと笑い合った。

そうして一路、目指すのは大衆娯楽地として名高い浅草《あさくさ》——。

小夜にとっては、人生初とも言えるほどの遠出である。

「さよちゃん！　こっち、ここだっ」

柳之助は仲見世《なかみせ》通りの裏手で待っていた。

鼠色《ねずいろ》の洒落た三揃えの背広に、ハンチング帽。小夜には、初めて見る装いだ。

つまり小夜同様、柳之助もまた変装をして来たわけだ。女学校で教鞭を執っていたときより幾分若く見えて、小夜は駆け寄りながら胸をときめかせる。

やっと、やっと逢えた。

「じゃあ、私はこれで」

颯爽《さっそう》と去って行こうとする茜に、柳之助は礼儀正しく頭を下げた。

「何から何までありがとうございます、茜さん」

「いいえ、お気になさらず。私も、このあたりの茶屋を開拓しようと思っていたところなんです。柳之助さまが浅草とおっしゃらなくても、ひとりで来ていたでしょうから」

今日、浅草で落ち合うことは柳之助からの提案で決まった。

小石川から少々距離があれば、知り合いと出くわす可能性は低くなる。

そのうえ混雑した場所ならば皆、すれ違う相手の顔などいちいち気にもしていられないだろうし、外をぶらぶらと散歩することもできるだろう、と。

「茜姉さま、本当にありがとう。気をつけて帰ってね！」

手を振って、人混みに合流する茜を見送る。

そうして改めて向き合うも、何故だか柳之助と目が合わなかった。彼の顔は、不自然に斜め上の宙へ向いている。一体、どうしたのだろう。小夜が小首を傾げつつ見上げていると、彼は口もとに拳を近づけて咳払いをした。

珍しく照れた様子で、驚いた、と呟く。

「驚いた……？」

「てっきりいつもの袴で現れるものだと思っていたから……いや、これは、うん」

どういう意味だろう――いや。

「や、やっぱり、おかしいですよね」

茜は似合うと言ってくれたが、洋装が似合わなかったのだ。きっとそうだ。

連れて歩くのが恥ずかしいと思わせてしまったら、申し訳ない。手提げ鞄を身体の前に持ってきて隠そうとすると「いや、違う！」焦ったように柳之助は言った。

「すごく似合ってる。きれいで……きれいすぎて」

やっと、目が合う。

「参ってる……」

愛情表現が過多な柳之助は、いつもつらつらと甘い言葉を惜しまない。手紙だって、小夜が二枚の紙に綴るのに対し、柳之助は毎回五枚以上もしたためてくる。

それだけに、短い言葉に込められた戸惑いが生々しく、小夜を大いに狼狽《ろうばい》させた。

柳之助に手を引かれ、遊園地――『花やしき』を一周した小夜は興奮していた。

「すごい！　回転木馬って、すごいんですね。景色があんな、みるみる変わって……夢の中にいるみたいにふわふわして、魔法にかかったようでした！」

それもそのはず、浅草が初めてなら、小夜は娯楽街を歩くのも初めてだ。日常からかけ離れ、幻想がぎゅっと詰まった街は、どこもかしこもキラキラして見える。

小夜の父はよく、娯楽なんぞにうつつを抜かす輩は愚か者だと言うが、こんなに心躍るものを知りもしないで、一生を終えるほうが愚かだと思えるほど。

「ははっ、楽しめたみたいだね」

「はいっ、とっても！」

「そうか、よかった」

肩を揺さぶって笑う柳之助は、ことさら眩しい。青空の下、その麗しい容貌《ようぼう》が際立っている。

それだけではない。背広を脱いでいるから、肩幅の広さは一目瞭然だ。捲った袖口から覗く手首は骨太で、細いばかりの小夜の腕とは雲泥の差がある。脱いだ背広を左肩に引っ掛けて持つ姿も粋《いき》で、すれ違う女性が次々に色めき立つのが小夜にもわかった。

しかし終始小夜だけを見つめる柳之助は、気付いていない。

「もう一度何か体験するとしたら、さよちゃんは回転木馬かな」

「ええ。柳之助さまは？　どこが一番よかったですか？　生き人形？　奇術？」

「そうだなあ。僕は、はしゃぐきみを見物している時間が一番、よかったかな」

「まあ！」

見られていたとは気づかなかった。

背すじを伸ばして立ち止まれば、後ろからやってきた人に追突されそうになる。

「おっと」

突然引き寄せられ、小夜の心臓は跳ねた。間近に迫ったチョッキの胸は広く、まるで全身すっぽりと包み込まれているようで、クラクラする。

「……大丈夫かい？」

低く囁くのは、形のいい唇だ。

わずかにかさついて、それでもとびきり柔らかいであろう唇——。

（やだ、わたし、こんなときに）

今まで忘れていたことを、思い出してしまう。意識してしまう。そう、口づけ。

柳之助は覚えているだろうか。毎回しよう、というあの言葉を。

「さよちゃん？」

「え、だ、大丈夫です！」

「大丈夫そうには見えないけど……、ああそうだ。そろそろ休憩しようか」

折しも、正午を告げる号砲が鳴り響く。昼食の時間だ。

ふたりは茶屋を探したが、どこへ行っても満席だった。目の前のことに夢中で、うっかり好機を逃してしまった。食堂などもまた然りだ。ごった返していた人々が、一斉に昼食を取ろうと雪崩れ込んだのだから無理もない。

休憩どころか余計に体力を使って、小夜は徐々に息切れをしはじめる。

「さよちゃんは待っていて。僕がひとっ走りして、入れそうな店を探してくる」

「いえ、わたしも一緒に行きます！」

「駄目。きみはここを動かないこと。僕が、きみに無理をさせたくないんだよ」

そう言い置いて駆け出す柳之助を、引き留めきれず見送って反省する。

朝から少々、はしゃぎすぎてしまった。もっと、休み休み動くのだった。いや、昨夜、気持ちが昂《たかぶ》ってなかなか寝付けなかったのがいけなかったのかもしれない。

（わたしの身体が、こんなに弱くなかったら。人並みに動いてくれたら……。いいえ、そうじゃない。他人を羨んだからと言って、一体なんになるの？）

小夜は小夜だ。どんなに頑張ったところで、別の人間にはなれない。

自宅で、学校で、これまで何度痛感したことだろう。

だが、柳之助はこんな小夜を好きだと言ってくれた。こんな小夜にも、できることがあると信じてくれた。だから、焦って他人のようになろうとする必要はないのだ。

それに、以前の小夜なら家族以外の誰かと、浅草で遊ぶなんて考えられなかった。

少しずつでも、前進している。

今の小夜はもはや、何もできない小夜ではない。

その喜びを、存分に噛み締めるほうが先だろう。

柳之助が息を切らして戻ってきたのは、十分ほど後だった。

「もう少しだけ、歩けるかい？　三つ先の角を曲がった路地の奥に、個室で休める茶屋というのを見つけたんだ。部屋も押さえてもらってある」

「ありがとうございます。もう平気です。歩けます」


やってきたのは、数寄屋《すきや》造りの二階建ての建物だ。

『薊屋《あざみや》』という屋号のほかに、御食事処、と記された看板がひとつ掲げられている。

「いらっしゃい。二階のいちばん手前だよ」

女将《おかみ》らしき着物姿の女性にそう案内され、階段を上る。内装は料亭の趣《おもむき》だが、それにしては少々部屋数が多く、かといって廊下で誰かとすれ違いもしない。

（……何かしら、この、違和感）

指定された部屋に入りながら、小夜は密かに訝《いぶか》しむ。

はっきりとここがおかしい、とは言い切れないのだが、何かがおかしい。

「鰻《うなぎ》を先に注文しておいたんだけど、よかったかい？」

「はい。鰻、大好きです」

柳之助の上着を受け取り、衣紋《えもん》掛けに引っ掛けつつ、そういえば、と思う。

昼どきなのだから、もっと調理場から食欲をそそる香りが上がってきて然るべきではないか。だって、ここは御食事所なのだ。まったく食べ物の匂いがないかといえばそんなことはないのだが、建物のどこからも、慌ただしい厨房の気配がしないというのはやや異様だった。

（そうよ。配膳係が忙しく行き来している様子もないわ）

普通は、幾人もの仲居たちが料理を運んだり膳を下げたりと、ひっきりなしに廊下を行き交っているはずだ。

そこで小夜は、部屋の隅に畳んで置かれている布団に気づいた。

どうして食事をする部屋に布団があるのだろう。もしや小夜が疲れていると思って、柳之助が店に準備をお願いしてくれたのだろうか。いや、料亭ならばそのような持て成しも考えられるが、ここは食事処だ。通常、考えにくい。

「お待たせいたしました。鰻重です」

やがて女将が運んできた重箱を見て、小夜はハッとする。

重箱に記されているのは『廣田《ひろた》鰻店』の文字。仕出しだ。つまりこの店には厨房がない。食事処と看板を出しながら、料理をしない店……やはりおかしい。

「あの、柳之助さま。ここって、本当にただの……」

御食事処ですか。

尋ねようとする小夜に、柳之助は「うん？」と笑顔だ。

「食べようか。実は朝から張り切りすぎて、何も食べていなくてね」

彼が何かを気にする素振りはない。小夜が感じている違和感を、少しも感じていないふうだ。なんでもないふうに、どうぞ、と重箱の蓋を開けてくれる。

考えすぎているのかも、と小夜は思った。きっとこの界隈では、こういう営業形態の店が当たり前なのだ。小夜が知らないだけなのだ。なにせ浅草は初めてだし。

納得して箸を取り「いただきます」と手を合わせ、鰻を頬張る。

「ん、美味しいです！」

「本当だ。これは上等だね」

楽しく話しながら鰻重に舌鼓を打っていたから、次に小夜が違和感を思い出したのは、食後だ。盆の上に添えられていた煎茶を、飲み始めたときだった。

隣室から、ガタッ、という物音と、呻くような声が聞こえてくる。

「なんだ……？」

これには柳之助も不審に思ったらしい。眉根を寄せ、音がしたほうの壁を見る。

「喧嘩……でしょうか。それとも、食あたりか何かで苦しんでいるとか」

「そうかもしれない。人を呼ぼうか」

急ぎ、柳之助が腰を浮かせたときだ。今度ははっきりと、女性の声が聞こえた。

ああっ、と甲高く啼《な》いて、男の名を呼び、また啼いて——その艶めかしさに、小夜は血の気が引くようだった。これは嬌声《きょうせい》だ。

呻いているのではない。よがって喘いでいるのだ。

（わかった。ここ、待合茶屋なんだわ……！）

待合茶屋、通称『待合』は男女が密会し、通じるための部屋を貸す場所だ。

以前、大衆向けの雑誌で読んだことがある。政治家の会合や、芸妓との遊興のために貸し出されることもあるというが、ここはまさに逢引き専門なのだろう。

競うように、向かいの部屋からも喘ぐ声が上がる。どこからか、みしみしと畳が軋む音まで聞こえてくる。食事を終えて、皆、事を始める時間なのか。

あるいは他所の情事に触発されて、始まってしまったのか。

「まさか、出合茶屋《であいぢゃや》……いや、そんなはずが……」

愕然とした顔で、柳之助が呟いている。

出合茶屋とは江戸時代の言い方で、ひょっとしたら柳之助はもう存在しないとでも思っていたのかもしれない。しかし現に、ほかの部屋では男女がまぐわっている。

ここは、そういう場所なのだ。

「出よう、さよちゃん」

耐えきれなくなったに違いない。柳之助が腰を上げる。

追って、小夜も立ち上がろうとした。これ以上、快楽に溺《おぼ》れる声を聞いていたら、平静を装えなくなる。すでに内心、慌てふためいていて冷静とはほど遠い。

しかし「きゃ！」一歩踏み出そうとして、小夜は声を上げた。

つま先で、ワンピースの裾を踏んでしまったのだ。焦るあまり、いつもの袴でないことを忘れていた。前につんのめったところへ、柳之助の腕がさっと伸びてくる。

図らずも、小夜は柳之助の胸に正面から飛び込んでしまい――。

「っ、あ」

間近で目が合ったら、痺れたように動けなくなった。

凛々しい眉に、通った鼻すじ。見つめてはならないと、本能的に思う。

（……だめ）

すぐに目を逸らさなくては。

念じるほどに、身体の痺れは強くなる。

（いけない、本当に、これ以上は……）

引き返せなくなる。

しかし彼の唇に焦点を結んだら最後、覚悟を決めるしかなかった。磁力に引きつけられるように、みるみる近づいてくる顔。避けることもできない――。

「ン……っ」

触れた途端、優しい体温に涙が滲んだ。

ずっと、ずっと触れたかった。触れたいと、柳之助にも思ってもらいたかった。

離れている間、募る寂しさを意識しないよう必死で保っていた己が、ざらざらと崩れて落ちる。ああ、こんなに苦しかったのだ。自分で考えていたよりもっと、何倍も重いものに耐えていたのだと、痛いほど思い知らされる。


ほかの部屋の人々と同様、身ひとつで愛し合うことの何がいけないのだろう。

(もう、わからない)

呼吸もままならないほどの口づけを次々に受け止めながら、小夜は柳之助のチョッキにしがみつく。強がりが取り払われた心には、本能だけが残った。寂しさの残滓《ざんし》がこびり付いた、欲だけで動くけだもののような。

「っは……」

息継ぎをしようと俯いたが、壁を背に追い詰められ、また唇を重ね直された。

ワンピースの前釦を外す手の、急《せ》いていること。薄い布地のどこかが裂けてしまうのではないかと小夜は一瞬思ったが、柳之助も不器用ではない。

みるみる釦を外し終え、水玉模様の羽衣はあえなくパサリと畳を打つ。続けてズロースやシユミーズを奪われれば、残されたのは胸当てだけだ。

「……ふ、ぁ」

乳房を締め付けるその衣の上で、器用なはずの手が戸惑っている。口づけを受け止めながら少し待って、ああ、どこから外したらいいのかわからないのだと察した。

柳之助の手を止め、自ら胸当てを脱ぐ。

ふるん、と波を打って、見事な大きさの乳房が姿を取り戻す。

「んぅ……」

すうっと冷える肌に、いつの間にか汗をかいていたのだと知った。

柳之助は？　暑くないだろうか。確かめようと密かに瞼を持ち上げてみれば、彼は角度を変えて唇を合わせつつ、うっすらと目を開いていた。

どきっとする。

その視線の先には、露になったばかりの乳房があったから。

「んん、ぅ……っ」

隠すに隠せぬまま、はち切れそうな膨らみをそれぞれ摑まれる。表面をさらさらとくすぐるように撫でられて、こそばゆさと背徳感に背中が一気に粟立《あわだ》った。

（まだ……見てる……）

柳之助の手の中で形を変える胸へ、落ちる視線は熱いまま。

恥ずかしいが、嫌ではなかった。むしろ、焦点が合うや合わずのところから注がれる視線に、誘われるようにゾクゾクする。思わず腰を揺らしたら、勃ち上がりかけた胸の突起をふたつ同時にキュッとつままれた。

「う、んっ」

途端、間近で目が合う。

近すぎてぼやけてはいるが、挑発的な視線であることはわかる。

そこで小夜は悟った。柳之助は小夜の視線に気付きながら、乳房への注目をやめなかった。わざとそうして、見せつけたのだ。

こくりと喉を鳴らせば、つまんでいた乳頭を指で転がされた。ますます硬く、感じやすくなっていくそこを、柳之助は追い立てるように愛《め》でる。

もちろん口づけもやめず、煽《あお》るように小夜を見ながら。

「ぁ、ふ……っ柳……んん……う」

欲望だけで動いているようで、それだけでもない。いや、小夜の本能に油を注ぐのもまた、彼の欲のうちなのだろう。考えただけで、小夜はクラクラする。

「っは……う」

再び息継ぎを試みたが、やはり叶わなかった。

斜めにぴったりと重なった唇は、今度は少しもずれてくれない。逃げても逃げても追ってくる。そのうえ抵抗を戒《いまし》めるかのように、胸の膨らみをぐっと摑まれる。

掌を押し付けて捏ねられたら、ますます小夜の息は上がっていった。

「ふ、はっ……ン、く……、っ」

ふわふわして、苦しいのか、心地いいのかもわからなくなってくる。

膝から力が抜け、崩れ落ちそうになる小夜を、柳之助は放っておかない。

横抱きにされ、部屋の奥へと連れて行かれる。据えられたのは、畳より少し高さのある場所
――畳んだままの布団の上だ。

「……は……」

ようやく酸素を肺に入れて、安堵したのも一拍の間だけ。

すぐさま組み伏せられ、勃った胸の先にむしゃぶりつかれる。

「んァっ、ア、お、お布団、敷かないと」

「無理だよ。待てない」

早口で言って、柳之助はじゅうじゅうと音を立て頂を吸った。色づいた部分を何度も咥《くわ》え直し、唾液を絡めて、飴玉でも転がすように舌で蹂躙《じゅうりん》する。

（こんな……夢中になって、貪るみたいに次々と……っ）

真上から覆い被さってくる柳之助は、野生的な男そのものだ。

彼に言い寄っていた女学生たちは、予想もしていないだろう。普段、理性的で上品な教師た

る柳之助が、好いた相手を前にどう変貌するのか。

どんなに貪欲になるのか。

「覚えているかい」

「んっあ……、何を、ですか」

「無理だと思ったら、僕の袖を引くんだ。いいね」

そう言うと、柳之助は小夜の右胸の先を名残惜しそうに、ひと舐めしてから身体を持ち上げた。舌先から乳頭まで、光る糸がつうっと引く。

それにうっとりと見惚れていたら、さりげなく膝を左右に開かれた。

「え、あ……っ」

大胆な体勢にさせられただけで震えるのに、柳之助は吸い込まれるように浅い茂みに顔を埋める。己の太ももの間に彼のつむじを見て、小夜は思わずもがいた。

「りゅ、柳之助さま、そんな」

つい先ほどまで小夜に口づけていた唇が、陰唇に押し当てられている。

震え上がりそうになるほど、衝撃的な光景だ。さらに指で割れ目をパクリと広げられ、秘された芽と、純粋な桃色の果肉を目の前で露にさせられてしまう。

(うそ)

急ぎ膝を閉じようにも、間に入り込んだ柳之助の肩に阻まれた。

もう、すでに無理だ。こんなに恥ずかしいこと、耐えられない。小夜は柳之助の袖を引こうとしたが、まるで届かなかった。なにしろ彼の両腕は、小夜の太ももの向こうにある。まるで、最初から拒否などさせる気はなかったかのように。

「綺麗だ……」

「や、見ないで」

苦し紛れに、両手を伸ばして秘所にあてがう。柳之助の視界から、どうにか隠そうとする。しかし、その様子こそが彼を的確に煽ったらしい。

「……いじらしいね」

指の隙間をこじ開けて、舌を差し込まれる。

「あ！」

腰がびくりと跳ねてから、過剰な己の反応に驚いた。なんだろう、今のは。胸の先をそうされたときより、もっと下腹部が沸いたような——。

（どうしよう。そんなところを舐められて、感じるなんて、わたし……っ）

狼狽《ろうばい》する小夜の両手もそのままに、柳之助はなおも果肉に舌を伸ばす。

右をちろりと舐めたなら、次は左だ。そのたび指の付け根も一緒に舐められるから、小夜はたまらなかった。指先まで興奮していくようで、妙な気分になる。

「っ……は、あっ、あ……」

みるみる、小夜の両手はどろどろに濡れた。

柳之助の唾液だけが原因ではない。というのは、ぬるい液をこぼすそこに、自ら触れていたからわかったことだ。どうしてこんなふうになってしまうのか、理解できず戸惑う。

恐る恐る手を持ち上げれば、待っていたように秘所にかぶりつかれた。

「つひぁあっ！」

食《は》まれたのは、広げたままの果肉の内側だ。

そこでは今にも花開く勢いで、蕾《つぼみ》のような突起が膨らんでいる。舌でそれをゆるりと撫でられたら、稲妻のような激しい悦が全身を貫いた。

「い……いや、あ！」

左右に首を振って、そこはいけないと訴える——と言っても、もはや言葉にならなかったのだが。いやいやと子供のように鼻声で繰り返すうち、格好ばかりの抵抗だと思われたに違いない。柳之助は無言のまま、小夜の蕾を吸い始めた。

充血を促すようにじゅくじゅくと、吸っては舐め、舐めては吸われ……。

時折、やんわりと押し当てられる前歯に、怖いほど感じさせられてしまう。

「あっあ、っあ、ヤ、いや、だめぇ、え」

甲高く声を上げながら、小夜は腰をぶるぶると震わせていた。

刺激が強すぎて、息が吸えない。荒くなる呼吸に、身体の上で柔らかく乳房が揺れる。

「っもう、りゅ……のすけさま、ぁっ、もぅ、それ、イヤ、いい、のぉっ」

「……いい？」

「ん……っう、あっ、あ……ぁ、いい……いいっ」

声が周囲に筒抜けだということは、すでに頭になかった。

嫌、駄目、でもいい——ひたすら、いい。そうだ、嬉しい。気持ちよくて、こんなにも嬉しい。そうして快楽の沼へと、自ら望んで引き摺り込まれていく。

「はぁっ……ア、いいの、とても……柳之助……さまぁ、あ」

ねだるように濡れた両手を伸ばしたら、割れ目をさらに広げられ、めちゃくちゃに舌で擦られた。その我を忘れたような愛撫に、小夜は存分に乱れる。

「ああ……は、ぁっ……はぁっ、熱……い、そこ、熱くて、燃えそぅ……っ」

苦し紛れに柳之助の肩を摑んだが、それでもまだ何かもどかしく、その髪をくしゃくしゃに撫でる。粘度のある液の中、転がされる蕾がひたすら熱い。

炙《あぶ》られているようで逃げ出したくなると同時に、小夜は切望していた。

（いっそ、燃えてしまいたい）

身を捩らせて悶えると、膣口に浅く指が入り込んでくる。溢れた蜜を搦《から》め捕《と》られ、無防備に揺れている胸の先端へと塗りつけられる。

「……っは……！」

両手で両胸の先端をぬるぬると扱《しご》かれ、かつ脚の付け根を貪られていると、己の前後すら見失いそうになる。確かなのは、柳之助が与えてくれる快感だけ。

もっと、もっと激しくていい。

自然と腰を浮かせ、柳之助の顔に押し付けたときだ。

「あ、っん、あ、あ……っ……！」

ぐっと背中を弓形に反らし、小夜は弾けた。びくりと跳ね上がる腰。両目は大きく見開かれているが、何も映してはいない。塊《かたまり》の悦が胎内を駆け巡り、理性をことごとく蹂躙していく。

ビクンビクンとのたうって、小夜は歓びに身を浸す。

そうする間も、秘所にあてがわれた唇は離れなかった。

「ひっう、ああっ！　ァ……んあっ、いい、のぉ……ぁあ、あ」

過敏になった蕾をしつこく吸われ、さらには両胸の先まで弄られ続け、これ以上はだめ、と両手で抗《あらが》ったが、容易く屈服させられて——。

——気持ちいい。こんなに気持ちいいこと、ほかに知らない……。

強すぎる快感に、小夜はいよいよ意識を手放しかける。膣内を痙攣《けいれん》させたまま、くたりと力を失っていく。やがて瞼が半分ほど下りた、そのときだった。

ふいに体を持ち上げた柳之助が、脈打つ蕾の上に何かをのせた。ずしりと重く、鉄が如く硬い何か……そう、雄の象徴たるものだ。

「ん……」

虚ろな瞳でぼんやりと、小夜はその大蛇のような影を見た。

荒々しくそそり立つ姿が、小さく息を呑ませる。脈がどくどくと、荒く乱れる。突き込まれる、そう思うと怖いが怖いほど、恍惚《こうこつ》としてしまう。

(あれが……ぜんぶ、わたしの中、に)

しかし柳之助は、狙いを蜜口に定めなかった。自身を小夜の上にのせたまま、ごつごつした側面を割れ目になすりつける。溢れた液の中を、滑るように。

「ッ……さよ、ちゃん……」

また、柳之助は己の手でその張り詰めたものを扱きもした。

何をされているのか、小夜にはわからなかった。先日、初めてこの身を捧げたときとは明らかに異なる。子を為すための行為なら、繋がらなければ意味がないはずだ。

いや、だから、なのか。

柳之助は前回、小夜の父にすぐさま頭を下げる覚悟で小夜を抱いた。たとえ孕んだとしても、責任を取るつもりだったのだ。しかし今、いつ、その機会が訪れるのか見通しの立たない状況で、同様の行為をするわけにはいかない。

そう考えているのだろう。

「りゅう……のすけ、さま」

胸がきゅうっと苦しくなって、小夜は気怠い腕を伸ばした。

両手で、柳之助が握っているものにそっと触れる。彼がそうしていたみたいに、前後に扱く。

もちろん傷をつけないように優しく、表面を撫でるようにだ。

柳之助は驚いたようだが、やめろとは言わなかった。

小夜がすりすりとそれを擦るほどに、はあっと快さそうに息を吐く。

快感を覚えてくれている。そう思うと嬉しくて、小夜はますます熱心に柳之助のものを撫で回した。もっと気持ちよくなってほしかった。筋っぽい部分や段差には指を這わせ、ときに己の秘所の上でぬるぬると滑らせ——。

「ん……ア、っ硬い……あっ、あ、そんなに、擦ったら……ぁっ」

いつの間にか、柳之助は自ら腰を使っていた。小夜は割れ目の上に屹立をのせ、両手でそれを上から押さえているだけ。掌と割れ目の間で、男のものは盛んに動く。

「あ、あっ、ヤ、また、わたしっ……ンぁ！　あ、あぁあっ、あ——‼」

二度目は、あっけなく弾けた。膨れ切った蕾が潰され、擦られるのがあまりにも快かった。

ビクビク跳ねる小夜の身体に、屹立は余計に熱心に押しつけられる。

「好き……だよ、さよちゃん。好きだ」

わたしも、そう返したいのに声にならない。

「もっと、強く握ってくれ……ああ、もっと、だ」

両手にはもう力など入らなかったが、それでも懸命に、暴れる雄杭を両手で押さえる。ひくつく膣口がその側面に吸い付くのも、不思議とただ快かった。

は、は、と小刻みに溢れる吐息が、混ざり合っていく。

「……っ、く」

柳之助が動きを止め、苦悶の表情になった直後だ。

汗ばんだ腹の上に、生温かい飛沫が散った。数度、そうして白濁を降らされたことを、小夜は知らない。初めての絶頂を二度も経て、意識を保ってはいられなかったからだ。

眠りに落ちた小夜を、柳之助はややあって抱き締める。

そして切なげに眉根を寄せ、ひとしきり口づけを繰り返した。

5　しがらみと邂逅

——拝啓　柳之助さま

汗ばむ気候が続いておりますが、いかがお過ごしですか？　柳之助さまのことですから、きっとご立派に、お仕事に邁進《まいしん》していらっしゃることでしょう。

わたしは、意外にも元気です。

意外にも、というのは毎年、この時期になると暑気にやられて寝込むのがお決まりだったからです。今年はわりあい動けているので、家の者に驚かれています。

さて、父が大事にしているもの……。

探偵よろしく調べてみましたので、左に列記いたします。

ひとつ、士族のお仲間。特に貧乏士族には情けをかけます。

ふたつ、早寝早起き。冬でも、朝から竹刀《しない》を用いての素振りを欠かしません。

みっつ、庭にやってくる三毛猫。雌です。時折、台所の煮干しを勝手に持ち出して餌付けをしている様子。わたしには、そんな素振りは見せませんが。

よっつ、お国の為に自己研鑽を怠《おこた》らない息子たち。ちなみに長兄は軍人です。

いかがでしょうか。これでもまだまだ一部です。

そして、お伝えしてよいものかずっと迷っていた旨を、今回は思い切って記そうと思います。

父が家宝と呼ぶもの——祖父が愛用していた日本刀です。

実際に、戦で使用されたものです。

兜《かぶと》とともに床《とこ》の間に据えてあるのですが、わたしはあまり好きではありません。それで柳之助さまのお祖父さまの片目を奪ったのだと思うと、大切にする気が知れません。

ご気分を悪くされたらごめんなさい。

またお手紙を書きます。

敬具

小夜

——前略　さよちゃん
元気そうでなによりです。今年と言わず、来年も、その次も、ずっと僕がきみに元気をあげましょう。今は離れているけれど、いつかは隣で、と願っています。
僕も、もちろん元気にしていますよ。
仕事に関しても、さよちゃんの想像通り忙しくしています。

きみに出逢うまでは、思い通りにいかぬ日々に不貞腐《ふてくさ》れることもありましたが、最近は図太く、多方面の案件に首を突っ込んでいます。僕には語学力という強みがありますから、上からは睨《にら》まれても、現場の人間には重宝《ちょうほう》されるのです。

ところで先日、その仕事で小石川を通過することがありました。石蕗邸は周辺で一番のお屋敷とのこと、表札を見ずともすぐにここだ、とわかりました。

この海鼠壁《なまこかべ》の向こうにさよちゃんがいるのかと思ったら、大声で名前を呼びたい衝動に駆られました。いえ、間違えてもやりませんので、ご安心ください。

さて、床の間の日本刀の件ですが、教えてくれてありがとう。

先祖の因縁に、直接関わるものですね。しかし、僕はなんとも思いません。草薙剣《くさなぎのつるぎ》のように、己とは関わりのない古代の宝具という印象です。

なので、さよちゃんが気に病む必要はまったくありません。

今度の週末、逢えるのを楽しみにしています。さよちゃんが江戸川橋まで訪ねてきてくれるとのこと、張り切って部屋を掃除しておきましょう。では、また。

草々
柳之助

したため終わってペンを置くと、柳之助はすぐさま便箋を二つ折りにした。

さよちゃんへ、と宛名を記した封筒に、それを入れる。

本当は英吉利で買った蠟《ろう》で封をしたかったのだが、残念ながら別宅に置いてきてしまった。ひとまずそのまま、小夜から届いた手紙とともに通勤用の鞄《かばん》の上に置く。

「……ふう」

駒場にある実家を訪ねてきたのは、実に二か月ぶりだ。

格子窓の向こうには、薔薇園を有する英国風庭園が広々と横たわっている。

別宅のあるごみごみした江戸川沿いの景色とは異なり、周辺は長閑《のどか》な野っ原だ。

だから余計に、石造りの巨大な洋館は異質に、そして特別目立って見える。二十年前、このあたりもいずれ栄えるだろうと踏んだ父が趣味で建てた屋敷だが、時期尚早だったというのが現実だ。

「お兄さま、いらしてるの？」

そこで部屋の外から声がする。

様子を窺うようなノックの音もだ。柳之助が立ち上がって「いるよ」と応じれば、扉は内向きに大きくバタンと開かれた。

「会いたかったわ、お兄さまっ」

明るい声とともに飛び込んできたのは、白いブラウスに紺色のスカート姿の少女——今年で十六になる、長女の雛子《ひなこ》だった。控えめな瞳をキラキラと輝かせて、柳之助の腕に絡みついて来る。

「今回はいつまでいらっしゃるの？　もしかして、お仕事でお暇ができた？　今度は一緒に百貨店へ行ってくださるって、前回お約束しましたわね！」

「……ごめん、今日は少し寄っただけなんだ。お父さまに呼ばれていてね」

「その燕尾服、もしかして今夜のチャリティー？　お兄さまも出席なさるの？」

「そう。雛子も行くのかい？」

「お兄さまが行かれるって知ってたら、欠席の返事なんてしなかったわ！　だって、ずっと欠席なさってたじゃない。それを今回に限って……いやだ、お父さまったらどうしてこういう肝心なことを教えてくださらないのかしらっ」

雛子はあからさまに臍《へそ》を曲げた。

十六とはいえ、まだまだ子供だ。

そう感じるのは、雛子が生まれたとき柳之助はすでに十代で、赤ん坊の頃から面倒を見てきた所為もあるだろう。少々癖のある黒髪に留められた花紺青《はなこんじょう》色のリボンは、雛子が十歳の頃に柳之助が贈ったものだ。

「ねえ、お兄さまっ。お出掛けになるまで、一緒にチェスでもしませんこと？」

「いや、雛子、僕は遊びに来たわけじゃ……」

「こら、雛子。お忙しい柳之助兄さまを子供の遊びに付き合わせるんじゃない」

と、そこに背格好のよく似た青年がふたり、足並みを揃えてやってくる。

「お久しぶりです、柳之助兄さま」

「真司《しんじ》、啓司《けいじ》」

雛子より三つ年上の彼らは、双子の次男と三男である。

ともに帝大に通う秀才で、彼らもいずれは政治家か、省庁勤めになるはずだ。差し出された手をそれぞれ取り、柳之助は嬉しい気持ちで左右同時に抱擁をした。

「ふたりとも、背がずいぶん伸びたな」

「ありがとうございます。目標は、柳之助兄さまです！」

「ですが、まだまだ柳之助兄さまの背中は遠い。そうだ、紅茶でもいかがですか？　先日、頂いたのがあるんです。それで、大学の話でも聞いてもらえませんか」

真司も啓司も雛子も、洗練された顔立ちではあるものの、華やかさの極みのような柳之助とは少々系統が異なる。柳之助が牡丹《ぼたん》ならば、彼らは菊かソメイヨシノか——。

というのも、下の三人と柳之助は母が違う。

若くして柳之助の母親が亡くなった後、嫁いできた若い後妻が産んだ子供であって、柳之助にとっては腹違いのきょうだいなのだ。

「なによぅ。真司兄さまも啓司兄さまも、ご自分が柳之助お兄さまにかまっていただきたいだけなんじゃないっ。私にはチェスなんて駄目だと言っておきながら、お茶とおしゃべりに誘うなんて！」

「おしゃべりなんて誰が言った？　僕らは学業についてお兄さまに相談したいのさ」

「そうだ。雛子のお遊びとは訳が違う。お茶だって、紳士の嗜みさ」

「屁理屈を捏ねないでっ。やっとやっと柳之助お兄さまにお会いできたのにっ。連れて歩いて自慢する時間はないんだから、お家の中でチェスをするくらい、いいでしょ」

「お兄さまを見せ物にするつもりだったのか。なんと失礼な」

「失礼かどうかは柳之助お兄さまが決めることだわ！　ね、お兄さまっ」

雛子が柳之助の腕を引けば、真司と啓司が間に割って入る。どちらも、我こそが柳之助を独占しようという勢いだ。

苦笑しながらも、柳之助は心底ありがたいと思う。

先妻の子と後妻の子、相容《あいい》れないという話をまま耳にする。家に財産があればなおのこと、最悪、骨肉の争いにだって発展しかねない。

しかし後妻が弁《わきま》えているからか、はたまた彼ら自身が人懐っこいおかげか、今のところ柳之助と下三人の関係は良好だ。

だからこそ余計に――。

置いてはゆけない、と柳之助は思う。

好いた相手との結婚が許されぬ場合、普通は駆け落ちという手段を考えに入れるだろう。

しかし、もし柳之助がこの家から消えたら、残された弟たちの身には久我原という重荷がたちまちのしかかる。柳之助や父のように理不尽な扱いを受け、一生そこから抜け出せなくなるかもしれない。

婿養子にでも出られれば、また別だろうが。

「あら？」

そこで雛子が何かに気づいた。机の脇に置かれている柳之助の鞄に歩み寄り、しゃがみ込んで一通の封筒を手に取る。

「……さよちゃん、って、どなた？」

慌てて妹の手からそれを取り返したときには、遅かった。

「お兄さま、それ、もしかして恋文？」

「いや、これは、職場の同僚の子供に宛てたものだよ」

「嘘。子供宛てなら、焦って隠す必要はないはずよ。ね、誰なの？　もしかして、その方との関係で、今夜のチャリティーにも行かれるとか、そういうこと？」

「違う」

厳密に言えば、違うとは言い切れない。

柳之助が珍しくチャリティー会場に顔を出すことにしたのは、石蕗家の当主に近しい人物がやってくると人づてに聞いたからだ。小夜からの手紙にも書いてあったが、そう、士族のお仲間というやつだ。

何もかも小夜頼みにするのではなく、自らも小夜の父親について情報収集をし、可能ならば外堀を埋めようと考えたわけだ。

「違うの？　でも、特別な方なのでしょう？」

「い、いや」

見透かしたように雛子は言う。

「だって兄さまが女性に『ちゃん』をつけるなんて、初めてだわ。それって、特別、親しいってことよ。恋仲であるってこと以外、考えようがないじゃない」

見事な洞察だ。子供に見えても女は女、本能的な勘が働くのかもしれない。

どうして素直に紹介してくださらないの、と拗《す》ねる雛子は、己が蚊帳《かや》の外に置かれることこそ耐え難いのだろう。子供っぽく唇を尖らせて拗ねる妹を、真司が「柳之助兄さまを困らせるんじゃない」と呆れ気味に諭す。

「お兄さまは大人の男なんだ。親しくしている女性のひとりやふたり、いてもおかしくはないだろう。ましてや、妹にわざわざ話すようなことでもない」

「それは……わかっているけれど、寂しいわ」

「まあ、雛子の気持ちもわかるけどね。いやしかし、啓司」

「そうだな、真司。今まで柳之助兄さまに関して、女性との噂というのは聞いたことがありませんでした。だから僕たちはてっきり、兄さまは女性嫌いなのかと思っていた次第で」

弟たちふたりは、意外そうに柳之助を見上げている。

はっきりとは言わないが、雛子同様、兄の私生活が気になって仕方ないといったふうな目だ。

というより、三人とも、心底柳之助を慕えばこそ、壁を感じたくないのだろう。

柳之助は迷った。彼らにならば打ち明けてもいいのではないか。三人ならきっと、柳之助の味方になってくれる——そう、茜のように。

「……三人とも、石蕗という名をお父さまから聞かされたことはあるかい」

問い掛けると、しかし三人は目を丸くして顔を見合わせた。

知らないのだ。彼らは、久我原家と石蕗家の間にある例の因縁を。いや、それも無理はないが。というのも当事者である祖父は、三人が生まれる前に亡くなっている。

(やはり、できない)

若い彼らを巻き込むわけにはいかない。

とうに家を出て自立している茜とは違い、三人はまだ学生だ。親に養われている身で、親より兄の肩を持つなどという、複雑極まりない立場に追いやってはならない。

「いや、すまない。今の言葉は忘れてほしい」

「でも、お兄さま」

「お父さまにも、どうかこのことは言わないでおいてくれないか。ああ、大丈夫。人の道から外れるような、不埒《ふらち》な関係に陥っているわけではないから」

そこで、古参の家令が柳之助を呼びに来る。

チャリティー会場へ向かう準備が整ったのだ。まだ納得のいかない顔をしている三人に、申し訳なく思いながらも「他言無用だよ」と念を押してから階下へ行くと、父はすでに燕尾服を身に着けて待っていた。

「柳之助、二か月ぶりだな。元気にしていたか」

短く整えられた顎髭に、父の世代では珍しくすらりとした長身。精悍《せいかん》な顔立ちは年齢を重ねてほどよく熟し、伯爵という称号がよく似合う風格だ。

「ご無沙汰して申し訳ありません。お父さまもお元気そうで、なによりです」

歩み寄れば、厚みのある手でばしばしと背中を叩かれた。

「相変わらず色男だな。ますます母さんに似てきたか」

「そ、そうでしょうか」

「ああ、目もとなんてそっくりだ。それにしても、おまえのほうから社交の場に顔を出したがるとは珍しいな。さては嫁探しか？　いい加減に身を固める気になったか」

いえまさか、とかぶりを振った柳之助は、そのままの勢いで告げそうになる。

父上、僕はすでに、結婚を考えている相手がいるのです。彼女以外、考えられないのです。どうか認めていただけませんか。一度、会っていただけませんか。

ひとつも言葉にしないうちに「それにしても」と父はしみじみ言う。

「その光り輝くばかりの美男子ぶりを、父上……おまえのお祖父さまにも、ひと目見せて差し上げたかった」

途端、柳之助はすべてを呑み込まざるを得ない。

父は、石蕗家の当主ほど過去にこだわってはいない。だからこそ弟たちは例の因縁を知らない。話せばきっとわかってくれる……そう思う一方で慎重にならざるを得ないのは、柳之助が少なからず父の無念を知っているからだ。

祖父は石蕗家の前当主から左目を刺され、間もなくして右目の視力も失った。片目の失明から両目の失明に至ることは、医師によればままあるという。

だから晩年は盲目で、ついぞ初孫——柳之助の顔も見ずに亡くなった。

仲間を裏切った報いだと本人は納得しているようだったが、父はたびたび歯を軋ませていた。世が世なら裏切りは処世術のひとつ、父上だって悩んだうえで無益な殺生をせぬ道を選んだに過ぎない。それなのに、と。

(何もかも、うまくいく道があれば。そう願うのは、都合がよすぎるだろうか)

いや、そんなことはない。何も捨ててはならない。小夜を思えばこそ、己の家族を疎かにはできないと柳之助は思う。柳之助が家族を捨てるとき、小夜にも同じ選択が必要になる。

苦しむのは、小夜だ。

軽く頬を叩き、車に乗り込む。

＊＊＊

柳之助と逢う日のために日々健康で、と心掛けてきたおかげで、小夜はひとつ大きな成果を得た。日々の外出可能時間が、少々延びたのだ。すなわち、正午過ぎまで。

兄たちはいい顔をしなかったが、父が決めたことには文句も言えない。

それに、小夜がこのところ寝込まずに過ごせているので、渋い顔をしながらも内心、認めてやろうと思ったのかもしれない。

(柳之助さまと、これからは毎回ゆっくりお話しができるわ！)

隣町まで本を探しに行く、というのが本日の表向きの外出理由だ。

女中が供《とも》をする予定になっていたのだが、直前になって「急ぐから」と置いてきた。申し訳ないことをしたとは思うが、巻き込まないためにはこうするしかなかった。

弾む足取りで向かうは一路、柳之助の別宅――。

「……あら？」

すると路面電車を降りたところで、人だかりを見つけた。

何かあったのだろうか。好奇心から、小夜は近づいていって人垣の中を覗き込む。と、一段高いところで――おそらく木箱か何かの上に立って――声を張り上げる男の姿が目に飛び込んできた。

「普選断行っ！　腐り切った政治などいらぬ！」

選挙権を求める大衆運動らしい。

新聞で読んだり、父や兄から聞くことはあっても、小夜が実際、自分の目で見たのは初めてだ。熱気溢れる雰囲気に、たじろぎつつも聞き入ってしまう。

（まるで弁士だわ）

ただ叫んでいるようでいて、筋道が通っているから納得させられる。

あんなふうに伝えられれば、父も納得してくれるのだろうか。柳之助との結婚のこと。彼がいかに素晴らしく知的で、情熱的で、高い理想を持った人格者であること……。

「きゃ」

そこで斜め後ろからドンと押された。

紺色の背広を着た、壮年の男だった。彼は「失礼！」と焦ったふうに言って、大衆運動の輪の中へ入っていく。小夜はよろめいて、うっかり前に立っている人の背中にぶつかってしまった。

「す、すみません」

詫びながら仰け反ると、次に小夜の前に強引に割り込む格好で、若いハンチング帽の男が人混みへ飛び込んだ。今度は、声を上げる暇もなかった。

ふたりとも、すぐに姿が見えなくなってしまう。

（何事かしら。もしかして、記者さん？）

そう思ったのは、この数年、雑誌や新聞での政治批判が加熱しているためだ。政府への不満から過激な思想を持つ労働者は多く、鬱憤《うっぷん》は大衆運動の場に持ち込まれ、刃傷沙汰になったという記事もたびたび見かける。女の身である小夜には、選挙も大衆運動も、まだまだ別世界の話でしかないのだが——いけない。

我に返り、小夜はその場をあとにする。

こんなところで寄り道をしている場合ではなかった。今日は柳之助に逢いに来たのだ。足早に通りを突っ切り、数軒先で細道に入る。途端、遠くなる喧騒《けんそう》。民家の軒先では、無数の洗濯ものがばたばたとはためいている。鼻を掠める、川縁独特の水っぽい匂い……もうすぐだ。

胸を躍らせてついに駆け出した小夜は、直後に「ひっ」と縮み上がった。

というのも、飲み屋の勝手口に積まれたビールの木箱の向こう。

人が潜んでいたのだ。それも、大の男がひとり。

「しっ。頼む、声を上げないでくれ！」

見れば彼は大衆運動の場で、最初に小夜にぶつかった壮年の男だった。

先ほどはわからなかったが、紺色の背広を身に着け、口髭を蓄えた姿はまさしく紳士だ。上目遣いの視線が、どことなく、誰かに似ているような——。

「ど、どうか……なさったんですか？」

思わず声を掛けてしまったのは、同様の状況に覚えがあったからかもしれない。そう、図書室での、柳之助との初対面のとき。

「……人に追われている。見つかれば、命を取られるかもしれない」

男は低い声で答えた。

命を取られる。殺される、ということだろうか。冗談のように物騒な言葉だが、男の怯えぶりを見るに、嘘を言っているふうには見えなかった。

「何故、そのようなことに」

「恨みを買った覚えはないんだがね。首相が命を狙われたという話はたびたび聞くが、よもや、私のような名ばかりの議員のところにまでああいう輩がやってくるとは。大衆の主張も直接耳に入れておかねばと、のこのこやってきてえらい目に遭った」

どうやら男は政治家らしい。

ならば、過激思想の者に狙われてもおかしくはない。

「どなたか、ご同行の方は？」

「いる。道向こうに、車と運転手が。だが、車に乗るのも危険だ。私だと、奴らに教えているようなものだからな。奴らは、拳銃を持っている」

見れば、確かに道向こう――大衆運動の人だかりから少し離れた道端に、立派な自動車が止まっている。運転席には、運転手の姿も見える。

小夜は少しの間、考えた。

車まで行って、運転手に助けを求めるのは簡単だ。が、それでは男性の居場所がここだと追っ手に教えるようなもの。だからと言って、男性がひとりで歩いて自宅まで戻るのも危険だろう。なにせ男性は、追っ手からその姿を認識されている。

探偵のように、変装でもできれば別だろうが……。

（そうだわ！）

稲妻のように閃《ひらめ》いた。

「上着を脱いでください。ネクタイを緩めて、胸の釦《ボタン》も開けて。シャツの裾は出してしまいましょう。髪も乱して。そう、できるだけだらしなくするんです」

「な、何をするんだ。うわ、私の上着……っ」

「これはわたしが預かります。のちほど、運転手の方に渡しますから。あとは、こちらを一旦お借りして……と。さあ、しっかりお持ちになって」

最後に男に持たせたのは、傍らの木箱から取り出したビールの空き瓶だ。

彼は訳がわからないといったふうに、目をぱちぱちさせている。しかしだらしなく着崩した姿はまさに飲んだくれ、これなら誰がどこから見ても、数分前に街角にいた紳士と同一人物とは思わないだろう。いける、と思う。

「さあ、行きましょう」

「行くって、どこへだ」

「市電に乗るんです。ひと駅行ったら、すぐに降りてください。運転手の方には、そこまでお迎えに行くようにお伝えします。いいですか？」

つまり小夜が思いついたのは、男を変装させたうえで民衆に紛れさせ、この場から遠ざけるという方法だった。追っ手のいない場所なら、車に拾われても問題ない。

「あ、ああ。わかった」

男が頷いたのを見て、小夜は彼の身体を支えるようにして、通りに出る。

もし追っ手に見つかったら、と不安がまったくなかったわけではない。が、ここまで来たら乗りかかった船だ。変装なら浅草でした経験があるし、こういうことは堂々としていたほうが自然に見える。

「まったくお父さまったら、朝まで飲むなんて！　あらやだ、ビール瓶。わたし、お店に返してきますわね。お父さまは先に帰って、お母さまに謝るのよ」

周囲の人々がくすくすと笑う中、ビール瓶を預かりつつ、男を路面電車に乗せる。男は一瞬、心細そうな顔をしたものの、ありがとう、というふうに小さく会釈をした。

発車を見守ったあと、小夜は通りを渡り、件の自動車に駆け寄る。

事情を話すと運転手は信じられなかったのか、一瞬怪訝《けげん》そうな顔をしたが、男の上着を見るとすぐに事情を察したようで、市電の隣の駅へと車を走らせていった。

(どうか、ご無事で)

胸の中で祈ってから、小夜はまたもやハッとした。いけない、柳之助――きっと待ち惚けている。

転げそうになりながら駆けて、駆けて、川沿いの建物へと辿り着く。

「ごめんください……っ」

外階段から、室内に呼び掛ける。途端、何かをガシャンとひっくり返した音、続けてバタバタと近づいてくる足音が聞こえ、勢いよく玄関の扉が開いた。

「さよちゃん!」

柳之助は真っ白なワイシャツにズボンという、ラフな洋装だ。その袖口には赤茶色の液体が飛び散った跡がある――先ほど聞こえた、何かがひっくり返った音というのはつまり、珈琲カップか何かだったのだ。

よほど慌てて出てきたのだろう。

少々乱れた前髪まで、輝くほどに美しい。

「よかった。遅いから、何かあったのかと」

「ごめんなさい、わたし」

「謝らなくていいよ。僕のほうこそ、迎えに行けなくてごめん。行き違いになってしまってもいけないと、色々と考えすぎてしまった。もしかして、迷った？　ここ、わかりにくかったかい」

「いえっ。そういうわけじゃないんです」

心配そうな顔をしている柳之助に軽く首を振って、小夜は吸い寄せられるようにその胸に飛び込む。話さなければならないことが、たくさんある。でも、彼を前にして、触れずにいるなんてできなかった。

背後で扉が閉まる音。広い背中に腕を回し、思いきり息を吸う。柳之助の香りで、肺をいっぱいに満たす。久しぶりの体温が愛おしい。

――柳之助さま……。

ほっとしたら先ほどの出来事が頭に甦ってきて、今さらながら指先が震えた。

「逢いたかったです、とても」

「僕もだ。話したいことがたくさんある。でも、その前に」

待ちきれぬ様子で降りてくる唇を、喜んで受け止める。崩れそうに柔らかな感触を覚えたら、嬉しいぶんだけ切なくて、何故だか泣き出しそうになってしまった。

軋む長椅子の上、悩ましげに寄せられた眉間の皺にゾクゾクしながら、小夜は揺れる乳房を両手で庇う。部屋の奥には寝台を備えた寝室も見えているのだが、唇を重ねたら情事に雪崩れ込んでしまって、今回もまた、そこまで辿り着けなかった。

「……見せて、くれないのかい」

腰を下から器用に使いながら、口角を上げる柳之助が色っぽい。長椅子に浅く座った彼に、正面から跨《また》がっている小夜はどうしても落ち着かない。

「だって……」

なにぶん部屋が明るすぎる。というのも、窓ガラスを通し、川面から反射した陽の光が天井で煌《きら》めいている。二階だからか、垣根や植木で遮られないぶん、眩しさもひときわだ。

「は、恥ずかしい……です」

胸を庇ったまま、小夜は俯きかけてパッと視線を横に振った。下を、直視できなかった。なにしろ小夜の下腹部のあたりでは硬く張り詰めた柳之助のものが、見事に反り返って主張している。

孕ませてはならないと自戒しているのか、やはり柳之助は自身を小夜の外側に置いている。少々視線を落とせば、すぐに目に入ってしまう位置だ。

「僕のも見ていいから、きみのも見せて」

「……そんな」

「それとも、嫌？　僕に、下心のある目で見られるのは」

そんなことはない。むしろ嬉しいと、小夜は思う。

ずっと、嫁としての貰い手がなかった。

ひ弱な肉体ゆえ、子を為すのは困難だろうと言われてきた。つまり一生、誰からも性の対象にされない可能性もあったわけで――ほかならぬ柳之助が欲情してくれるのは、ありがたくも嬉しいことなのだ。そう、恥ずかしさはあるけれど。

(明るすぎる……いつもより、はっきり見られてしまう。でも)

おずおずと両手を退ければ、谷間にふんわりと顔を埋められる。

「……きれいだ」

彼の指先はそっと、小夜の横乳を撫でた。

「きみの乳房は透き通るように白く、張りがあって、椀《わん》のように丸い」

「っ、あ」

「色づいた先端は、ほら、撫でるほど熟して色が濃くなって……可愛いね」

間近で見つめられながら乳頭を擦られ、顔から火が出そうになる。

「そんなに、じっと、見ないで」

「きみの身体だから見たいし、知りたいんだ。ああ、次は口に含んでみようか」

続けてじゅっとそこを吸われたら、細い肩が小さく跳ねた。

「あ、あっ、くすぐったい……」

「あっという間に硬くなる。指で撫でるより、舐められるほうが好きなんだね」

吸われれば吸われるほど、こそばゆさと一緒に乳房の奥が沸く。先端が窄《すぼ》まっていく感覚と、膨らみが張って盛り上がるような感覚が入り交じって小夜を煽る。

ああ、と零れるままに喘げば、下腹部がじんとして何かが流れ出す気配がした。

「は……っ」

出る。とろりとしたものが、溢れてしまう。

身震いしつつも小夜がかろうじて腰を上げたのは、長椅子に張られた縦縞模様の織地を汚してはならないと思ったからだ。

しかし、座面の柔らかさに足を取られた。体勢が前のめりになり、割れ目で屹立の側面を擦ってしまう。加えて両乳を柳之助の顔に押し付けてしまい——。

(や、だめ)

抑えようとしたが、できなかった。

ゾクゾクっと、期待感が背すじを駆け上る。膝から力がふっと抜ける。すると小夜はあろうことか、柳之助のものの先に腰を下ろしてしまった。蜜口にあてがわれる、弾力のある先端。溢れ始めた蜜も手伝い、それは簡単に入り込んでくる。

いけない。繋がってしまう。

焦れば焦るほど、内壁はひくついた。

屹立にしゃぶりつき、丸みのある部分を咥え込む。望んだ通りの圧迫感に、子宮がきゅうっと切なくわななけば、当然のように根もとまで欲しくなる。

「ひぁ、ンン……っ」

欲しい。限界まで欲しい。

奥の壁を押し上げられながら、気が遠くなるようなあの快感を味わいたい――。

「は、んぅ」

逆らえず落としかけた腰を「くっ」柳之助が摑んだ。

いや、と涙目で訴えても、彼は容赦ない。

小夜の身体を、汗ばんだ手で持ち上げる。

衝動に耐え切り自身を引き抜く彼は、いかに忍耐力を要しただろう。しかし元の位置へ戻された小夜は内側の空虚感と、届かなかった奥のもどかしさに息もできない。

(欲しかったのに、どうして、どうして……っ)

そう叫び出しそうになる小夜は、もはや完全に冷静さを失っていた。

浅い場所に余韻が残る蜜道は、ついにとろりと液を垂らした。

「おいで。僕の肩に、摑まって」

抱き寄せられると、背中を短いため息が滑り落ちていった。

ああ、彼も耐えているのだ、と思う。本能の暴走を、どうにか食い止めている。

その真面目さが、今はひたすら恨めしい。

涙ぐむ小夜を膝にのせ、柳之助は腰を揺らし始める。じゅくじゅくと音を立て、屹立と割れ目が擦れ合う。

小刻みに跳ね上げられながら、小夜は柳之助の首にしがみついて啼いた。

胸の先を盛んに吸われ、お尻を撫でられ、脚の付け根の敏感な粒をごつごつした側面で捏ねられて——やがて大きく弾けながらもまだ、内側は虚しいままだった。

6　ジュリエットは信じている

その後も小夜は密かに、柳之助との恋文および密会を重ねた。

変装して植物園を散歩することもあれば、女学校裏の和菓子店で珈琲を呑みながら語り合うこともあった。恋文は茜がせっせと届けてくれ、小夜が熱を出して急遽予定を変更するときは、直接その旨を柳之助に伝えてくれたりもした。

日を追うごとに、増えていったのは柳之助の別宅での逢瀬だ。

「茜さんには本当に、頭が上がらないね」

そう言った柳之助は、小夜に寄り添って腕枕をしている。

奥の間の寝台まで辿り着けるようになったのは、つい最近のことだ。それまではずっと、長椅子で事に至っていた。つまり移動に耐えうる余裕が少しはできたわけだが、かといって、ふたりの情事に慣れが生じたわけでは決してなかった。

「茜姉さまは、わたしの自慢の姉なんです」

「自慢？」

「はい。自立していて、強くて美しくて、でも誰より情け深くて優しくて。熱ばかり出して思うように動けなかった幼い頃のわたしには、叶わぬ夢を体現する人でした」

「そんなことない。きみだって自立していて強くて美しくて、情け深くて優しいよ」

「……そう、でしょうか」

そうだよ、と頷いてくれる柳之助の優しさが嬉しい。

いや、優しさではなく、柳之助は本気でそう思っているに違いない。

小夜だって、最近はその言葉に真実味を感じるようになってきた。すなわち柳之助との冒険のような逢引きを繰り返すうち、自分が考えているよりもっと、自分にはたくさんのことが可能なのだろうと信じられるようになっていた。

「でも、さよちゃん。矛盾しているようだけど、きみは茜さんのようにはならなくていいんだよ」

「えっ？」

「きみと茜さんは違う。きみにはきみの、きみにしかできない、きみらしい生き方がある。そして僕はいずれ、そんなきみこそを誰より自慢に思うだろう」

「柳之助さま……」

きゅうっと震えた胸には、柳之助の唇が落ちてきた。

あ、と短く声を上げれば、たちまちたくましい身体に組み敷かれる。

貪るように両の膨らみを食まれたあと、先端を舌の上で転がされ、割れ目に屹立の側面を押し付けられて上下に揺さぶられる。

「あ、ンぅ……んっ、ん！」

花弁の中の粒は丸々と熟《う》れ切っていて、潰されると溶けてしまいそうだ。

今日はすでに、三度も弾けたあとだ。柳之助も二度ほど小夜の腹の上に吐精していたようだったから、まさかなおもこんなに硬くなれるとは思わなかった。

身を捩ってよがると、蜜に濡れた膣口に指が二本あてがわれる。

「……っ」

思えばまだ、内側には触れられていない。

埋められたい。早く——今すぐに。

入口をひくつかせてねだれば、指は潤滑な内側に差し込まれる。

「ツン、あァあっ」

内壁を撫でられた途端、全身が官能を思い出す。

まるで、休みなく抱かれていたかのようだ。あっという間に、夢中にさせられる。

「あ、あ——……っ」

しかし、快感は長続きしなかった。

柳之助の指はひっきりなしに動くのに、小夜は昂れない。

感じるのは、もどかしさばかりだ。というのも悲しいかな、内側をひくつかせればひくつかせるほど痛感してしまう。明らかに足りない。圧迫感も、荒々しさも、深さも。

「ヤぁ、柳之助さま、指じゃ、いやぁ……柳之助さまの、が……っ」

「まだ、だめだよ」

「っ、きて……。欲しいの。欲しい……っ」

小夜は右腕を伸ばして柳之助のものを握ると、その先端を蜜口へ導こうとした。

腰を浮かせ、股をさらに開き、自ら男のものを咥えようとする。欲しいのは、これだ。彼としっかり繋がり合って初めて、本当の満足感が得られる。

「お願い、ここ、いっぱいにして、ぇ」

涙目で訴えれば、柳之助はこくりと息を呑んだ。

もうひと息だ、と思う。

左手を柳之助の首に巻き付け、引き寄せて唇を重ねる。舌を自ら差し出して、柳之助の前歯を舐める——いやらしく、湿った音を立てて聞かせる。

「……っ」

すると柳之助は苦しげに眉根を寄せ、収めていた指を引き抜いた。

ぐっと、屹立が落とし込まれる。先端が、体内に割り込んでくる。

「あ、あ、あ……！」

蜜道を貫く、巌《いわお》のような存在感。待ち侘びた圧迫感に、小夜は呼吸も忘れて没頭する。背中は勝手に弓形に反り、末端にまで恍惚感が広がっていった。

これだ。これが欲しかったのだ——しかし。

「く、っ」

奥をひと突きしたものは、無常にもあっけなく引き抜かれた。

「いやあ、あっ、もっと……っ」

あまりの切なさに、小夜は柳之助に縋って狼狽える。下から彼の首にしがみつき、腰を動かして屹立を探す。欲しくて欲しくて、おかしくなってしまいそうだ。

（こんなの、拷問だわ！）

このところ、柳之助はいつもこんなふう。

すでに吐精を済ませたあとなら、挿入を許してくれるときもあるのだが、長い間収めたままではいない。何度か突くのがせいぜいで、すぐに出て行ってしまう。

「は、早すぎます……っ。この間は、もう少し、してくれたのに……！」

「きみが、きつく締めるから、いけない」

荒い息をして言う柳之助は、すでに限界と言いたげだ。小夜だって、頭では理解できる。無闇に内側で吐精させるわけにはいかない。

柳之助に無理強いをしたくもない。でも。

「お願い、もう一度だけ……一度で、いいから……ぁ」

このままでは、あまりに苦しい。

どろどろに濡れた入口を、小夜は自ら指で捲る。赤く膨れ上がった花弁を左右に広げて懇願したら、それは奥の奥までずんと埋め戻された。

「ンぁ、あああああっ!!」

途端、腰を跳ね上げて小夜は達する。思いきり突かれた奥が、歓喜に震える。

気持ちいい。よくて、よくて、ふっと気を失いそうになる。それなのに、どうしてだろう。これでもまだ満たされない。すぐさま屹立を引き抜かれた場所には、燻《くすぶ》る熱が丸ごと置き去りにされ、小夜は悶えるほどの歯がゆさに苛まれてしまう。

(まだ、こんなにも苦しい……っ)

繋がりさえすれば満足できていたのは、いつまでだっただろう。

欲して、与えられて、ご褒美のような快感は、直後に毎回拷問に変わる。

いっそ抱き合わなければいいのだと、冷静なときは思う。しかし、逢った途端に触れたくなる。触れたら最後、欲しくて欲しくてたまらなくて……。

そんな裏腹な気持ちは、肉体関係に限ったことではなかった。

逢いたくてたまらなくて、やっと逢えた瞬間は極楽のように感じる。が、一瞬あとには泣きたくなる。またすぐに離れなければならないと思うと、地獄に突き落とされた感覚で、どうして逢ってしまったのだろうと己を呪いたくなるほど。

「りゅ……のすけ、さま……離れたくない……」

こんなに想い合っているのに、何故、ずっと一緒にいられない？

こそこそと隠れて逢うことにも、最近は、後ろめたさよりも反発を覚える。

汗ばんだ腕の中で意識を手放せば、目尻から溢れた涙を柳之助の指が拭ってくれた。


数日後、小夜は台所で勝手仕事に精を出していた。

いくら理不尽さに喘いだところで、状況は変わらない。

苦しくても虚しくても、今は未来を信じて己にできることをするだけ。せっせと鍋を磨き、一段落して「ふう」と身体を持ち上げたところで、父がやってくる。

「小夜、そろそろ部屋に戻りなさい。このところ、体力が少しついてきたからといって、調子に乗りすぎだ。今日は、もう夜まで寝ているように。わかったな？」

「はい、お父さま」

立ち仕事を咎められても、子供っぽく反論するのはもうやめた。

大人しく割烹着《かっぽうぎ》を脱ぎ、それを壁に掛け、素直に台所を出ていく。すれ違いざま、父に一礼するのも忘れない。寄り道もせず部屋へ向かい廊下を進めば「小夜」と意外そうな声に呼び止められた。

「おまえ、最近やけに聞き分けがいいじゃないか」

振り返れば、父は少々訝しげな顔をしている。

「……いけませんか？」

「いや。おまえも大人になったのだと思ってな。やはり女はそうでなくては」

「はい、お父さま」

「今日、しっかり休めたら明日は自由にしてかまわんぞ」

「はい、お父さま」

笑顔で頷いたのは、媚を売るためではない。

もちろん柳之助との付き合いを認めてもらうために、良い子を演じているわけでもない。従順に振る舞って点数を稼ごうなどというつもりは、小夜にはなかった。

考えていたのは、将来のことだ。

つまり、結婚が許されたあとのこと。

嫁ぐならば当然、小夜はこの屋敷を出て行く。

そのとき跡を濁さぬよう——もっとこうしておけばよかったと後悔しないよう、屋敷にいるときは目いっぱい、家族の望む己であろうとしたのだ。

きっと、柳之助と一緒になれる日が来る。そう強く信じていなければ、逢えない寂しさや、互いの間に常に存在している距離に潰されてしまいそうだった。

（部屋に戻ったら、柳之助さまへのお手紙を書きましょう。今日は、夕方になったら茜姉さまがいらっしゃるし。そうそう、姉さまにもお礼のお手紙を差し上げたいわ）

何を書こうか考えながら、部屋の襖を開けたときだ。

小夜は驚いて、後ろに半歩飛び退いた。というのも室内には、訓練に向かったはずの一太がいたのだ。眉根を寄せて険しい顔で、上座に胡座《あぐら》をかいた格好で。

「い、一兄さま、どうしてわたしの部屋に……」

「どうもこうもない。早くそこに座れ、お小夜」

促され、訳もわからぬまま、小夜は一太の前に腰を下ろす。

やけに不機嫌そうだが、何かあったのだろうか。気づかぬ間に、無礼を働いてしまった？

いや、もしかしたら最近調子に乗っているという説教かもしれない。父に外出時間を延ばしてもらったからと言って、意気揚々と出掛け過ぎだ、と。

説教に先んじて謝ってしまおうかなどと考えていると、一太は畳の上、小夜のすぐ前に何かを置いた。すっと差し出されたそれを目にして、小夜は一気に青ざめる。

「これはどういうことだ」

一太が置いたのは、紙の束だった。

柳之助から、茜経由で届けられた恋文だ。どうしてこれがここにあるのか。誰にも見つからないよう、押し入れの天井裏に纏めて隠しておいたはずだ。

「か……勝手に、押し入れを開けたのですか……？」

どくどくと、血が逆流しているかのような錯覚がする。絶対にばれないと思っていた。家族の誰にも知られてはならないものだ。よりによって、一太に見つかるとは──。

「ここ最近、おまえがやけに従順になったから、何かあるのではないかと見張っていた。だが、まさか男と通じていたとはな。しかも、久我原の長男と」

「……っ、それは」

「否定しても無駄だぞ。先日、おまえが出掛けた日にあとをつけた。男の素性も、貸家の一階の床屋の女将から聞いた。偽名で暮らしてはいるが、久我原家の伯爵子息だと」

一太はすべてを知っている。

もはや誤魔化しようがない。弁解もできない。そう悟って、小夜は生きた心地がしなかった。

父同様、久我原家を嫌悪している一太のことだ。

次に何を言われるのか、考えなくともわかる。

「目を覚ませ、お小夜」

静かに、そして冷徹に、一太は言う。

「よりによって久我原の男にたぶらかされるなど……石蕗家の名折れだ」

小夜はすぐさまふるふるとかぶりを振った。

「たぶらかされてなどいません！　柳之助さまは、とても誠実な方です」

「たかだか数か月で本性が摑めるものか。おまえは騙《だま》されているんだ」

「どうして決めつけるのですか。たかだか数か月とおっしゃいましたけど、一兄さまはそれこそ、柳之助さまに一度だってお会いしたことがないではありませんか」

「会わなくても、ろくでもない男だということはわかる。なにせ、裏切り者の子孫だ」

ありえない。それでは、聖人の子孫は何代あとでもずっと聖人で、人斬りの子は何代あとでもずっと人斬りということになる。理に適わぬ暴論だ。

「……一兄さまは、お父さまのお考えに疑問を抱いたことがないのですか」

「家長の言葉に異論を唱えるなど、愚の骨頂だ。父上がいて、我々がいる」

「だからと言って……っ」

鵜呑《うの》みにしては、一太が一太である意味がないではないか。父と同じ考え、同じ思考で生きていくしかないのなら、それはもはや父の複製と言っても過言ではない。

(家族のことは好きよ。大事に思ってる。でも、こんなのやはり正しいとは思えない)

そう言ってしまいたくて、ぐっと堪えた。

これ以上言い返したところで、一蹴されるだけだ。それに、一太と口喧嘩をしたからといって、発展的に解決する問題ではない。

むしろ、そうして事態を拗《こじ》らせることを危惧すべきだ。

「いずれ一緒になれるなどと、馬鹿げた幻想を抱くのはやめておけ。いいか」

一太は腕組みをし、畳の上の恋文の束に蔑むような視線を向けた。

「入れ上げたところで、どうせ裏切られる。あとから泣く羽目になるんだ。第一、お小夜はその男に嫁いだとして、うまくやれると思うのか？　最近少し丈夫になったからといって、働けない嫁は爪弾きに遭う。ましてや無理に子など産もうとしてみろ。命を落とすかもしれないんだぞ」

言葉はきついが、一太の考えの根幹には小夜に対する心配がある。

「その男とは二度と逢うな。手紙の交換も、これっきりやめろ」

「……」

「今後も逢い続けるようなら、父上に報告する。だが、素直に別れるなら黙っておいてやってもいい。これは俺からの情けだ。わかるだろう？」

わかったな、と低く言われて、小夜は小さく頷いた。承知したわけではない。

ひとまず一太の考えと、言いたいことは理解した。そういう意味だ。

心配してくれたこと、その部分にだけは感謝している。だが、一太の意見を受け入れるかどうかは、小夜に決定権があるはずだ。

幸い、一太はふたりの恋文を茜が仲介していることまでは気づいていなかった。小夜も柳之助も念の為、手紙の中では茜の名を一切出さずにいたのが幸いした。

「さぁちゃん、入るわよ」

日が暮れかけた頃、茜がやってきた。

いつも通りの明るい調子でいる茜に、小夜はすぐさま打ち明けた。恋文の存在が一太に知られたこと、別れるよう迫られていること、しかし別れる気などないこと……。

「そう。ならば悠長にしていられないわね。私、この足で柳之助さまの別宅まで行くわ。柳之助さまが帰宅するのを待って、直接、今の話を伝えてくる」

小さな手提げ鞄を手に立ち上がる茜を「待って」と小声で引き留める。

「茜姉さま、明日もお仕事よね？　無理はしないで。要件は手紙にも書いたから、それをいつものように柳之助さまに渡してもらえれば大丈夫よ」

「私のことを気にしている場合じゃないでしょう」

めっ、と綺麗な指先で鼻先をつつかれた。

「さぁちゃんに話したことはなかったけど、実はね、一兄、私が勘当される前に、私の職場にやってきたことがあるのよ」

「どういうこと？」

「妹を働かせるのはやめてくれって、上に直談判するつもりだったのだと思うわ。まったく、勝手よね。きっと、今回もやると思う」

「やる、って……柳之助さまにも会いに行くってこと？　一兄さまが？」

「その通りよ。妹と別れろって迫るに違いないわ。一兄ってばいくら長男だからって、家族の個性を無視して思い通りに舵取《かじと》りしようなんて、時代錯誤にもほどがあるわよね」

一太がすでに、柳之助に接触していたら。

考えると、小夜の額には冷や汗が滲んだ。そう簡単に柳之助が小夜との結婚を諦めるとは思えないが、万にひとつのことがないとも言い切れない。

たとえば、一太が小夜の幸せというものを引き合いに出した場合――結婚後、苦労するのは小夜だと言われてしまったら、優しい柳之助は身を引くかもしれない。

(柳之助さま、どうか、どうか一兄の言葉に耳を貸さないで)

小夜は苦労したっていい。命を削ったとしても、柳之助と生きていきたい。なんの苦労もなく、ぬるま湯のような環境で大事に守られるより、ずっと幸せだ。

そう、柳之助に信じてほしい。

茜が足早に出て行くと、小夜は祈ることしかできなかった。

＊　＊　＊

「失礼」

声を掛けられたのは、柳之助が路面電車を降りた直後だった。

「久我原柳之助という御仁を、ご存じか」

見れば、黄土色の軍服姿の男が街灯の下に立っている。恵まれた体軀《たいく》と、見る者に圧を感じさせるような重々しい佇まい。どことなく理知的な眼光から、ああ、どこかで見覚えのある容貌だと思う。だが柳之助に軍人の知り合いはいない。

「……僕ですが」

何か、目を付けられる行動をしただろうか。軍部の意図に反したか？

冷静な顔をしつつも頭を捻《ひね》り、記憶を必死で手繰《たぐ》っていると、軍人は「そうか」と小さく頷く。それからわずかな笑みすらも見せず、こう言った。

「単刀直入に言う。妹とは、二度と会うな」

すぐさま柳之助は理解する。

彼は小夜の兄――長男か次男、ふたりのうちどちらかなのだと。いや、この堂々たる体格に圧のある態度は長男の一太か。確か、軍人だったはずだ。

小夜からの、何通めかの手紙にそう書いてあった。

「どういう意味でしょう」

緊張感が押し寄せる中、柳之助はあえて軽くかわす。

一太が本当に小夜と柳之助の関係について知っているのか、カマをかけているだけなのか、判断するのは尚早だ。しかし即座に「とぼけるな」と低く返された。

「久我原の長男、貴様と小夜の手紙を見た。ふたりが通じていることは知っている。小夜からも話を聞いた。小夜は、認めている。隠し立てしても無駄だ」

腹に溜めた憤懣《ふんまん》が、じわじわと滲み出るような口調だった。

考えてみれば、柳之助を柳之助と察して話しかけてきた時点で、すでに相当探られている。

一太の話は、事実に違いない。落ち着け。心中でそう呟いて、腹を決める。

(ついに来たか)

実を言えば柳之助にとって、これは予想していない事態でもなかった。

別邸で暮らしている柳之助と違い、小夜は家族と暮らしている。父親がいつも、すぐ側にいる。小夜のことはもちろん信頼しているが、いかに彼女が賢いと言えど、完璧に隠し通すのは無理がある。

知ったのは、兄だけか?

あるいは、父親も、だろうか。

「小夜が、石蕗家の女だと知っていて誑《たぶら》かしたのか」

「いえ。当初は存じ上げませんでした。が、知っていたとしても惹かれたでしょう」

「……先祖の因縁を無視するのか。貴様、それでも日本男児か?」

柳之助はぐっと、憤《いきどお》りを奥歯で噛み締める。

小夜の状況がわからない以上、吹っ掛けられた喧嘩を買うのは悪手だ。

「申し訳ありません。僕はこの通り、つまらない人間です」

下手に出ることで、柳之助は一太の立場を探ろうとした。すなわち、父親に命じられてやってきたのか、己の意志でここに来たのかということだ。

それによって、小夜が今どうしているのか、ある程度予想もつく。

「しかし小夜さんは素晴らしい。清く美しく、そして賢くもある。彼女以上の人は、この先、僕の人生のすべてをかけて探したって見つかりません」

「だから嫁に欲しいと？　そんなふうに見え透いた媚を売ったって、無駄だ。裏切り者の久我原家に、誰が喜んで大事な妹をくれてなどやるものか」

「祖父の不義理な振る舞いに関しては、詫びても詫びきれません。ご一族の皆さまに謝罪が必要ならば、喜んで出向いて頭を下げましょう」

「嘘をつけ。華族の男がそうそう我らに頭など下げるものか」

どうやら、ゴマをするのは逆効果らしい。

「とにかく、小夜から手を引け。いいな」

「嫌だと言ったら？」

「素直に別れれば、父には黙っておいてやる」

柳之助は密かに、胸を撫で下ろした。

まだ、父親には伝わっていない。すると小夜は、現在罰を受けているわけではない。

「だが」

と、一太は一歩柳之助のほうに踏み出し、片脚に重心をかけて言う。

「今後も手を切らぬようなら、父からお灸を据えてもらわねばならんだろうな。貴様にじゃない。小夜に、だ。そうだな。向こう一年は外出禁止、大好きな本も読めず、屋敷内だけで生活する羽目になるだろう」

これは脅しだ。

柳之助にとって、もっとも効果ある条件だと予想したうえで、一太はわざと小夜の名前を出している。だが、本当に、そんな罰を与える気があるのかどうか。彼にとって小夜は、こうまでして守りたい可愛い妹であるはずだ。

とはいえ彼は軍人であり、情に絆《ほだ》されるばかりとも限らない。

(やはり、売られた喧嘩は買うよりほかないようだ)

のらりくらりとかわしたところで、誤魔化し切れる相手ではない。偽りの承諾をしたところで、簡単には丸め込めない。ましてや一太のような人間は、白とも黒ともつかぬ言葉で逃げ切ろうとする軽薄な輩を決して許しはしない。

「言っておくが、小夜のほうは別れたがっていたぞ」

「まさか。ありえません」

「何故、そう言い切れる?」

「生半可な覚悟で、互いを選んだわけではありませんから」

柳之助は知っている。小夜の気持ちは、些細なことでは揺るがない。

ふたりは悩みに悩んで、それでも互いの手を取ったのだ。

何があっても別れないと、心に決めている。

「僕が小夜さんを誑かしたのだと、非難なさるのはかまいません。実際、惚れたのは僕のほうからですし、口説きもしました。が、振り向いたのは彼女の意思です。それを否定なさるのは、侮辱も同然。彼女のためにおやめいただきたい」

「……貴様、ぬけぬけと……っ」

「僕は本気です。小夜さんだって、同じ気持ちでしょう」

一太の拳に力が籠もっても、引きはしない。

殴りたければ殴ればいい。挑発を返すように、柳之助は一太から目を離さない。その程度の脅しに屈するような甘い考えなら、最初から小夜を選びはしない。

緊迫した空気が、ひと気の消えた町に流れる。

一太はさらに言い返そうとしたのだろうが、柳之助を今ここで翻意させるのは難しいと理解したのだろう。ひとつ舌打ちをし、背を向けて大股で去っていった。

「……は……」

その姿が見えなくなって、一気に脱力する。膝が折れて、倒れ込んでしまいそうだった。ふらつきながらも、柳之助はどうにか別宅へと戻っていく。

すると外階段の上、玄関の外に洋装の女がひとり立っていた。茜だ。青い顔をした彼女が何を言おうとしているのか、察することは難しくなかった。

もはや、一刻の猶予もない。

そう理解した柳之助は、それまで以上に接待に精を出した。

「ご苦労さん。久我原くん、今日は直帰かね？」

「いえ、四菱《よつびし》財閥の方との食事会です」

「また接待か？　毎晩毎晩、眠る時間は取れているのか」

「心配してくださってありがとうございます。大丈夫ですよ。では、お先に」

仕事上、必要な案件も含め、皆が敬遠するような食事会も進んで出席した。

もちろん、石蕗家に通じる人物との人脈を少しでも多く作るためだ。そして、両家がいがみ合うようになった原因である、過去の話を詳しく聞くためでもあった。

「私は石蕗の爺さまを知っているが、気丈に振る舞いながらも無念そうでね。そりゃそうだ。石蕗の爺さまは、義のために生きているような筋の通った人だった。ああいや、これは久我原くんに聞かせる話ではなかったかな」

「いえ、お聞かせください。聞きたいのです。お願いします」

小夜の父だけではない。兄までもが、あれだけ深く過去に囚われている。

一太と対峙《たいじ》したからこそ、柳之助は彼らの恨みの本質を理解しなければと思った。

そうするうちに知ったのは、久我原の家にも通じる悲劇の残響だ。

柳之助の祖父は、一族を守るために仲間を裏切らざるを得なかった。そうして救われた命があった。だから仕方がなかったのだと、柳之助はずっと考えていた。

その裏で石蕗家を含む、久我原家を最後まで信じていた者がいたこと、裏切りを知って恨む前に酷く悲しんだことまでは、想像が至らなかった。

(僕が、為すべきことはなんだ?)

小夜を娶らんと我を通す前に、何かできることがあるはずだ。

そんなことを考えながら、ようやく別宅に帰り着いたときだ。

「――柳之助さま!」

外階段を駆け下りてきた女に、いきなり抱き付かれる。赤いリボンに、覚えのある石鹸の香り。夢ではない。確かな衝撃を感じても、柳之助はまだ信じられなかった。

小夜だ。何故こんな時間に、彼女がここにいる?

逢引きの約束などしていない。

むしろしばらくは自重しようと、茜を通して話し合ったばかりだ。

「きみ、どうして」

何があった？

尋ねるより早く、小夜はしゃくり上げて言う。

「あ、茜姉さまが、お父さまに見つかってしまって。それで一兄さまが、まだ通じていたのかって。柳之助さまのこと、全部、お父さまに話してしまわれて……っ」

柳之助は血の気が引く思いだった。

小夜が言いたいのはつまり、こういうことだろう。石蕗の屋敷をこっそり出入りしていた茜が、父親に見咎められた。勘当したのに何をしているのかと、つまみ出されたわけだ。すると今後、茜が実家の敷居を跨ぐのは難しくなる。小夜が柳之助と連絡を取るのは、困難になる。

それだけではない。

茜が屋敷に出入りしていた目的を、一太が察した。別れろと命じたのに、別れていなかった──即刻父親にふたりの関係を告げたあたり、一太の怒りは相当のものであるはずだ。

折檻されて、逃げてきたのかもしれない。

「秀兄さまにも、愚かだって言われました。わたしが、柳之助さまに騙されているに違いないって。お母さまには、そんなに結婚したいならお見合い相手を探してあげますからって……どうして、誰もわかってくれないの？　わたしには、柳之助さましかいないのに」

「さよちゃん……」

「お願い、柳之助さま。一生のお願いです。どうか、どうかわたしと」

逃げてくださいと、小夜は涙に濡れた声で言う。

「……えっ」

「一兄さまが、じきに追ってきます。入浴すると見せかけて、お風呂場から抜け出してきたんです。捕まったら、二度と柳之助さまにお逢いできなくなる。お手紙を交換することも、声を聞くことも……そんなの、絶対に嫌……っ」

華奢《きゃしゃ》な背中に迷い迷い掌をあてがうと、どきりとするほど汗ばんでいた。

7　駆け落ちをすることには

「小夜が、久我原の倅《せがれ》にたらし込まれているだと……？　ふざけるな!!」

柳之助との関係を知った父・敬の怒りは凄まじかった。

「茜には、金輪際《こんりんざい》うちの敷居は跨がせん！　勘当ではなく、絶縁だ！　今後、あれに甘い顔をした女中には暇を出す。そのように、周知徹底しておけっ」

はい、と焦った様子で母がパタパタと女中部屋に向かう。一方、秘密をすっかり暴露した一太は気が済んだのか、口を引き結び厳しい顔で小夜を見下ろしている。

「お父さま、どうか聞いてくださいっ」

小夜は懸命に父に取り縋り、必死の形相《ぎょうそう》で訴えた。

「わたしは誑かされたわけじゃありません。本気なんです。茜姉さまだって、わたしのためを思って力を貸してくれただけです。悪いことなんて何もしていません」

「悪いに決まっているだろう！　二度と顔も見たくないっ。それにしても久我原一族の恥知らずめ。手酷く裏切っておきながら、今度は娘を騙しおって」

「柳之助さまは誰も裏切っていません！　柳之助さまと、柳之助さまのお祖父さまを一緒にしないで。別の人格、別の人間なんですっ」

「同じ一族でありながら、別も何もあったものか！　我々一族を苦境に追いやり、生き長らえたのだ。生まれながらにして、その男にも業《ごう》が染み着いておるっ」

「そんなの無茶苦茶です！」

どんなに訴えても、父はおろか、兄たちや母にも響かない。

彼らは小夜の意思など見て見ぬふりだ。柳之助の実際の人となりだって、これっぽっちも気にしていない。ただ久我原という名だけで、好ましくない者だと決めつけてしまっている。秀二からも不憫げなまなざしを向けられ、小夜は震えた。

(わかっていたはずよ。話せばわかるなんてことは、ありえないって)

それでも、いつか理解してもらえるのではないかと、淡い期待をしてしまった。

窮屈だが、大事な家族だから。かけがえのない存在だと思うからこそ、柳之助とのことも祝福してもらいたかった。夢を、見すぎてしまったのかもしれない。

風呂場から脱走したあとのことは、ほとんど覚えていない。

夜の闇と絶望感に視界を狭められながら、ひたすらに柳之助の別宅を目指した。柳之助の胸の中、ついに涙をこぼしたとき、小夜はここが己の生きる場所と定めた。

二度と、石蕗の家には戻らない――。

「――着いたよ」

柳之助とともに人力車でやってきたのは、小石川ではまず見ない洋館だ。光が漏れる窓を数えただけでも、横並びに七つ。縦は三つか四つか――車止めだけでも長屋の一室が楽々収まってしまう広さで、奥行きや部屋数は見当もつかない。

ホテルとかいう施設だろうか。

「客間まで運ぶから、僕に掴まって」

「いえ、自分で歩けます」

「だめだ。熱がある」

そんなことないと、否定はできなかった。

柳之助の顔を見た瞬間から、なんとなく怠さがあった。着の身着のまま、飛び出してきてしまった所為だろう。このところずっと健康だったのに、いや、だからこそ油断していて、突然ざぶんと不調の波に捕まってしまった感じだ。

「ここ……どこですか」

「僕の実家だ。外国かぶれな屋敷だろう？　父が欧米贔屓でね」

「ご、ご実家？　どうして？　ご家族の方に、わたしのことが知れたら」

「きみは気にしなくていい」

そんなふうに言われても、気にせずにはいられない。

駆け落ちのつもりだったのに、何故、実家に身を寄せるのだろう。

そもそも柳之助の家族は、誰も知らないはずだ。柳之助が小夜——石蕗家の女と恋仲にあることを。ほかならぬ柳之助が、黙っていようと決めたのだから。

ここに身を寄せて、本当に大丈夫なのか。もしやこっそり滞在し、家族に知られぬうちに出て行こうと思っている？　しかしそんなこと、可能なものだろうか。それは、確かにここならば、石蕗家の者は訪ねては来ないだろうが……。

とはいえ、今の小夜には反論するだけの体力がなかった。

横抱きにされて廊下を行きながら、ふうふうと浅い息を吐く。

真っ直ぐに遠くまで続く廊下には、左右、交互にドアが並んでいた。真鍮《しんちゅう》製のドアノブが、ピカピカと艶めいて光っている。惜しみなく配置されたブラケット灯は洒落たランプシェードで飾られており、その下に置かれた石膏の胸像など今にも動き出しそうだ。

「すぐに医者を呼ぶから、ひとまずきみは休んでいて」

「大丈夫です！　お医者さまなんて呼んだら、それこそばれてしまいます」

「うまく誤魔化すから問題ない。今は余計なことを考えちゃいけない。いいね？」

そうっと、柔らかいものの上に寝かされる。寝台だ。柳之助が別宅で使っているものより高さも広さもあって、布団も泡のようにホワホワしていた。

「……柳之助さま」

出て行く彼を呼び止めようとしたが、か細い声は届かない。静かに閉まる扉。途端、耳に痛いくらいの静寂。広々とした室内を、月光がほのかに照らしている。

ここが、柳之助の実家。気の所為か、かすかに柳之助の香りがする。

高い天井をぼんやり眺めていると、今日の出来事がすべて嘘のように思えた。

（わたしはまだ石蕗の屋敷にいて、布団の中で夢を見ているのでは……）

ややあって医師に診察された気もするが、定かではない。

気付けば小夜は意識を手放し、夢も見ないほど深く熟睡していた。緊張の糸が切れたわけではなくても、体力の限界だった。寝返りも忘れて、寝て、寝て、寝すぎるほど寝て……。

ふっと意識が戻ったとき、小夜は眩しい陽の光の中にいた。

「ん……」

瞼を薄く開き、真っ白な漆喰《しっくい》の天井を見上げる。異国？　いや。

ここは——ああ、そう、柳之助の実家だ。昨夜、石蕗家から逃げ出し、柳之助の別宅へ行って、そこから人力車でここに運ばれてきたのだった。

（わたし、これからどうなるのかしら……）

壁と天井の境目に描かれた植物柄を視線でなぞりつつ、ぼんやりと考える。

石蕗家にはもう戻らないと決めたが、柳之助とふたり、どう生きて行ったら良いのだろう。

見知らぬ土地へ行くとして、柳之助は仕事を辞めねばならなくなる。

食い扶持《ぶち》の心配をまずしたあと、小夜は急激に不安になった。大きな志《こころざし》を持って就いた、外交官としての仕事を手放す。柳之助に、そんな選択をさせていいのだろうか。

「あ、起きたわ！」

するといきなり目の前に人の顔が割り込んだ。女の子だ。続けて、写したようにそっくりな若い青年の顔がふたつも。

「石蕗小夜さんですね。お加減いかがですか」

同じ声で同時に尋ねられ、困惑してしまう。

「え、あ、あの」

夢だろうか。まだ、眠りの中にいる？　戸惑う小夜を見て、青年たちと少女は目を見合わせた。事態が呑み込めていないことを、察したのだろう。

直後「わたしは雛子です」と少女が胸に手をあてて言う。

「久我原家の長女よ。よろしく、小夜さん。仲良くしてね」

「僕は次男の真司です。右が、三男の啓司。僕らは双子でして」

「それは説明しなくても一目瞭然だろう。初めまして、小夜さん。僕らは三人とも、兄の柳之助とは腹違いのきょうだいなんですよ」

「それはわざわざ説明するようなことでもないだろう」

「なんだと」

「ちょっとやめてよ、柳之助お兄さまの大事な人の前よ！」

小夜はますます混乱し、どう返答したらいいのかわからなくなる。

理解できたのは、彼らが柳之助の、弟と妹ということだ。しかし、どうして小夜の名を知っている？　しかも、石蕗という苗字までも。いや、きっと柳之助が話したに違いない。しかし、どうしてこんなに歓迎してくれるのか。

石蕗家の者とわかったならば、もっと怒るなり蔑むなりするはずではないのか。

「啓司、女中を呼ぶんだ。小夜さんに朝食を持ってきてもらわなければ」

「どうして僕が……雛子に行かせればいいじゃないか」

「まあ！　レディを顎で使う気⁉」

「レディって柄か？」

「今どき、女性に敬意を払えない男は木偶《でく》の坊でしてよ」

「ほらほら、小夜さんの前なんだろ。騒ぐのはやめだ。啓司、行ってきてくれ。女性を大の男がふたりで覗き込んでいては威圧感があるんだよ。わかるだろ」

ぶうぶう言いながら片方の青年が出て行くと、雛子がにこっと人懐っこく笑った。

直前までの顰《しか》めっ面はどこへやらだ。

丈の長いスカートを翻し、小鳥のようにちょんとベッドの端に腰掛ける。

「ごめんなさい、寝起きに騒がしくして。びっくりした？　わよね」

「い、いえ」

「そんなに固くならなくていいわ。私たちは三人とも、小夜さんの味方よ」

聞けば三人は明け方に、父親と柳之助が言い争うような声を聞いたという。

揃ってこっそり様子を窺いに行ったところ、小夜が客間にいること、父親がそれを好ましく思っていないことを知り、小夜がここから追い出されてしまうのではないかと考え、慌てて客間に忍び込んだのだと言った。

つまり柳之助は、小夜の存在を父親に明かしたのだ。どうして、いや、その前に。

「わたしを……守ろうとしてくださったのですか。どうして」

「貴女が柳之助お兄さまの大事な人だってことは承知しているわ。お兄さまの大事な人は、私たちにとっても大事な人よ」

さも当然、とばかりに雛子は言う。

「ふたりはまだ話し合っているみたい。ま、簡単に答えが出せるような問題じゃないわよね。なにせ貴女は石蕗家の方だし、たぶん、長引くわ」

「そこまで、ご存じなのですか」

「ええ。あ、そんなに申し訳なさそうにしないで！　あのね、私たち、あなたやあなたのご家族を責める気は一切ないの」

「……え」

「両家の間に諍《いさか》いがあったのは、大昔の話でしょ――なぁんて、偉そうに言っても私たち、最近まで石蕗のつの字も知らなかったのだけどね。ふふっ」

その話の先は、真司が継いだ。

最近、柳之助がなにやら言いたげにしていたこと。その際、石蕗の名をポロリと言ったこと。気になって調べたところ、両家の因縁についてや、父親が石蕗家にいい感情を持っていないことを知った、という話も。

意外だった。

小夜ら石蕗家の子供たちは、幼い頃から父に言い聞かせられてきた。久我原家への恨みも、今後も許してはならぬという家訓めいたこともだ。

彼らは、そうではなかった。

つまり柳之助の父親は、祖父の顔も知らぬ子にまで憎しみの連鎖を繋げようとは思っていない。石蕗家への恨みがまったくないわけではないだろうが、おそらく、小夜の父親とは未来に対する考え方が違う……？　いや、希望を持つのは尚早だ。

「柳之助お兄さまって、ほんと、完璧な長男なのよ」

雛子は言う。ほんの少し、呆れたような口調で。

「家のことは一手に引き受けて、私たちきょうだいには少しも負担させてくださらない。かといって偉ぶるでもないところが、お兄さまらしいのよね」

「そうそう。兄はきっと、僕らに貴女のことを相談したかったのでしょう。味方になってほしいと、願い出るつもりだったのかもしれません」

「だけど私たちの負担を考えて、遠慮してしまわれたんだわ。ええ、当然よ。私たちは石蕗家について、何も知らないまま安穏《あんのん》と生きてきたわ。兄にも、ずっと甘えっぱなしだったもの」

「後妻の子ですし、年齢も離れていますし、と、兄に任せきりだったのは結局、僕たち自身だったんです。そう気づく、いいきっかけになりました」

彼らの語る柳之助は、小夜が知る柳之助と変わらない。真面目で、責任感があって、優しい。きっと、きょうだいのことも可愛がり大切にしてきたのだろう。

想像すると、胸に漂う不安がみるみる増大していく。

（わたし、駆け落ちだなんて……浅はかだったわ）

仕事のことだけではない。

柳之助が小夜の手を取って逃げるためには、今まで背負ってきた長男としての責任を放棄せねばならない。あまつさえそれを大切なきょうだいに、丸投げすることになる。そんな無責任な行いをして、柳之助が後悔せずにいられるわけがない。

「だからね、私たち、今回こそ柳之助お兄さまの力になりたいの」

雛子が言ったところに、啓司が帰ってくる。やけに焦った表情だ。

「まずい。書斎のふたり、相当白熱してる」

「柳之助お兄さまとお父さまが？　まだ喧嘩してるの？」

「取っ組み合いをしてるわけじゃないんだけど、どっちも一歩も引かない感じでね。母さまが止めに入ってはいるけど、まったく意味がない。このままだと、熱くなりすぎた父さまが、兄さまに出て行けと叫び出しそうだよ」

曇った彼の表情に、小夜は思わず腰を浮かせる。

いけない、と思った。喧嘩別れだなんて、それこそ一番してはならない。

「すみません。書斎って、どちらですか」

「二階に上がって、すぐのところです。でも、今は行かないほうが」

「いいえ。わたし、柳之助さまを、止めなくちゃ……！」

すぐさまベッドを下り、部屋から飛び出す。

雛子の呼ぶ声が聞こえたが、急ぎ小夜は廊下を駆けた。脚車つきの配膳台――おそらく朝食を載せた――を押す女中とすれ違い、すぐに見つけた螺旋《らせん》階段を早足で上がる。

(取り消さなくては。連れて逃げて、なんて言ったこと)

ふたりで幸せになるために、結婚したいと願ったのだ。どちらかが不幸になるのなら意味がない。柳之助には、いつだって笑っていてほしい。その笑顔を、この手で奪ってしまいたくない。

二階では、どの扉の向こうに書斎があるのか、察するのは難しくなかった。

男性ふたりが言い争う声が、廊下まで漏れ出てきていたからだ。

「何故、今までおまえに縁談を強要しなかったかわかるか⁉　石蕗の娘をわざわざ連れて来させるためじゃない。この久我原という家の重責を背負わせるおまえには、せめて好いた相手と添ってもらいたいと願ったからだ！」

「その好いた相手が彼女なんです。何度説明すればわかってくださるのですか‼」

「馬鹿者！　ほかにいくらでも、おまえにふさわしい女性がいるではないかっ」

「ふさわしいかどうかが、先祖の行いで判断できるとでも？」

「お、落ち着いてくださいませ。旦那さまも、柳之助さんも……っ」

狼狽えきった女性の声は、後妻のものに違いない。

不躾《ぶしつけ》なのは承知のうえで、小夜はそのドアを押し開いた。

「失礼いたします！」

内部を確認しないまま、膝をつき、その場にひれ伏す。

「勝手に押し掛けて、申し訳ありませんっ。悪いのはわたしです。柳之助さまには、なんの落ち度もありません。今すぐ出て行きます。これ以上のご迷惑はお掛けしません。ですから、どうか、柳之助さまをお許しくださいませ……っ」

直後「さよちゃん！」と柳之助に肩を摑まれる。

「やめるんだ。きみが頭を下げる必要はない！」

「でも」

「これは僕と父の問題だ。きみには何の関係もない」

関係ない――はずがない。

小夜の存在があればこそ、柳之助は揉めているのだ。

なおも頭を下げ続けようとしたが、強引に持ち上げられた。上半身をぐっと立たせられると、前方に立つ人の姿が目に入る。清楚なワンピースを纏った、後妻であろう女性の、すぐ隣。背広に身を包んだその人は、口髭に、細い顎。加えて、綺麗に整えられた頭髪……。

――この人。

品ある紳士の姿に、小夜は思わず目を見開く。

彼のほうもまた、小夜を見て息を呑んだようだった。

「きみは、あのときの……」

よほど驚いたのか、それきり言葉が続かない。

信じられなかった。彼が、柳之助の父親。久我原家現当主――そう、書斎の奥にいたのは、小夜が以前、酔っ払いの変装をさせて助けた政治家の男だったのだ。

＊　＊　＊

「そうか。彼女が、石蕗家の娘だったのか」

父は柳之助に、考える時間をくれと言った。

「彼女には感謝している。なんと言っても命の恩人なのだ。だが、結婚相手となると……」

小夜に対し、義理もあれば恩も感じてはいる。だが、どう気持ちの折り合いをつけたらいいのかわからない。父自身、酷く混乱している……といったふうだった。

そもそも柳之助は、父に小夜の話をするつもりはなかった。

友人の谷敷を連れて来た、具合が悪そうだったので医者に診せた——という方便を使って、早々に実家を出るつもりだった。駆け落ちだけは避けたかったが、こうなっては仕方がない。

誰に恨まれても、長年の夢を放棄しても、取るべきは小夜の手のみ。

小夜を幸せにすることが、なによりの優先事項だ。

そう覚悟を決めていた。

しかし、客間にいるのが女性だと父に知られてしまった。今まで、女性とは縁遠かった柳之助だ。当然、いい人なのか、結婚を考えているのか、まずは会わせてくれと迫られて、事実を明かさずにいられなくなったというわけだ。

(それにしても)

小夜が書斎に飛び込んで来たときには、血の気が引いた。余計に話が拗れてしまうのではと思った。が、しかし、蓋を開けてみれば拗れるどころか、一気に話がいいほうへ進んだ。

何故なら聞く耳を持たなかった父が、考える、と言ったのだ。

「僕が知らないところで、そんなことがあったんだね」

父と小夜が知り合った経緯については、螺旋階段を下りながら小夜から聞いた。

ここ最近、民衆運動の活発化に伴って、政治家が襲われる事件があとを絶たない。政治を軽く齧《かじ》っただけの連中にとっては、政治家を叩きのめすことが革命だと思い込んでいる者もいる。

父が被害に遭っていたらと思うと、ゾッとする。

ましてや、小夜が万一、巻き込まれてしまったとしたら――。

想像もしたくない。

「父を助けてくれたことには感謝するよ。しかも、酔っ払いの扮装を……くくっ、傑作だよ。

父の顔を見るたび、思い出して噴き出しそうだ」

「も、申し訳ありません。わたし、まさか、柳之助さまのお父さまだなんて思いもしなくて」

「いや、きみは胸を張っていていい。大手柄だよ。でも、これからはそんな無茶はしないでほしい。たとえ、父を助けるためだとしても、だ。いいかい？」

「……はい。気をつけます」

そんな話をしながら、客間に戻った。

父はこれからすぐに議会だ。

母も婦人会の寄り合いへ向かうらしく、玄関のあたりがすでに騒がしい。

加えて、雛子、真司、啓司の三人はすでにそれぞれの学校へ出掛けたと、紅茶を運んできた女中が教えてくれた。

長椅子の前の卓の上には、ふたりぶんの朝食が並んでいる。トーストに、オムレツにベーコンにインゲンを炒めたもの……。今朝、食堂には行ったものの、父と出くわしたことで食べそびれてしまったので、柳之助も一緒にいただくことにしたのだ。

「しかし、僕も父も初対面でさよちゃんに救われたってことになるんだな」

長椅子に腰掛け、トーストに手を伸ばせば、向かいから小夜が手を振った。

「そんな、大袈裟なことではありません」

「大したことだよ。でなければ、父もあんなふうにトーンダウンしたりしない」

思い出すのは、図書室に匿ってもらった日のことだ。

咄嗟に機転をきかせられる、小夜の頭の回転の速さ——いや、想像力の豊かさとでも言うべきか。改めて、感服せざるを得ない。特に今回は父だけでなく、結果的に柳之助まで助けられた。

「さよちゃん、しばらくここに滞在しないか。きみはまだ、本調子じゃない。それに、最終的に父は出て行けとは言わなかった。暗に、滞在を認めてくれたしね」

「……」

「駆け落ち云々《うんぬん》の話は、ゆっくり考えよう。それでいいね?」

昨夜は熱もあったし、とてもではないが理性的な判断が下せる状況ではなかったはずだ。冷静になれば、考えが変わるかもしれないと柳之助は考えていた。

小夜が中途半端な気持ちで、駆け落ちを言い出したと思っているわけではない。

ただ、後になって早まったと思ってほしくはない。

「さよちゃん？」

返答がないので呼び掛けると、途端、小夜が「ごめんなさい」と身体を折った。

「わたし……わたし」

思い詰めた様子で、肩をかすかに震わせている。

「本当に、ごめんなさい」

「どうして謝るんだい？」

「だって。わたし、あまりにも愚かでした。柳之助さまのお立場も考えず、ひとりで突っ走って、いきなり一緒に逃げてほしいだなんて」

「僕の立場？　どういうこと？」

「柳之助さまは、ご長男です。末娘のわたしとは、あまりに背負うものの重さが違います。弟さんたちや、妹さんに対しても、無責任なことはできません。簡単に投げ出せるものではないのに、わたし……ごめんなさい……っ」

柳之助はまるで、胸を鷲摑みにされたようだった。

後悔してほしくないとは思った。だが、それはあくまでも彼女自身が、彼女の家族に対して、だ。よもや、柳之助の立場を顧みたがゆえに悔いるとは予想もできなかった。

やはりひたすら健気《けなげ》な小夜に、耐えきれなくなって柳之助は立ち上がった。

小夜の右隣に腰掛け直し、その細い手を取る。

「僕は嬉しかったよ。さよちゃんが、僕を真っ先に頼ってくれて」

「そんなに、優しくしないでください……」

「無理な注文だよ。本当なら毎日ずっと側にいて、守っていたいくらいなんだ」

書斎に飛び込んできたとき、どんなにか怖かっただろう。大の男が言い争っているところへ、単身乗り込み頭を下げるには、並々ならぬ勇気が必要だったはずだ。

それでも己を貫いて、道を切り拓いてくれた。

「……ん」

両手を繋いだまま、斜めに口づける。

そして柳之助はようやく、己が為すべきことを悟った気がした。

手に手を取って逃げ出すことでも、正しく交渉の卓につくことでもない。小夜を思い、小夜の立場を重んじればこそ、今の柳之助にできることはたったひとつだ。

「やはり今日中に、お屋敷に戻るんだ。僕が、自動車で送って行く」

「え……」

「誤解しないでほしい。きみを家族に返そうとか、結婚を諦めようとか言っているわけじゃない。僕の妻は生涯、きみだけだ。何があろうと、僕はきみを諦めない。だから僕を信じて、僕と一緒に、戦ってくれないか」

唐突な申し出だったが、それでも小夜は頷いた。躊躇いなく、力強くだ。

その目からは柳之助をひたすら信じる想いが滲み出ていて、柳之助は改めて、小夜のためなら人生を懸けても惜しくないと思う。


しばらくの間、離れることになる。

名残りを惜しむように、ふたりはどちらからともなく抱き合った。

誰かに知られることを危惧したのか、最初は消極的だった小夜も、ベッドに上げるとすんなり肌を晒した。戸惑うような目をしつつも、求めに応じて脚を開く。

「本当に……誰も、来ませんよね？」

「ああ。人払いはしてあるし、家族は皆、出掛けたよ」

ちゅ、ときめ細やかな肌の右頬に口づけて、柳之助は小夜の右手を取る。華奢なその手を、誘うように彼女の太ももの間へと導いてやる。

「さあ、きみのすべてを、僕の目に焼き付けさせて」

短い催促の意味を、小夜は理解しているはずだ。黒々とした瞳が、狼狽えたように泳ぐ。瞬間、恥じらいの裏に宿る熱を柳之助は見逃さない。

「できるだろう？」

どんなに身体を重ねても、繋がったまま果てることはできない。

そのぶん持て余さざるを得ない欲を、ふたりはいつの間にか淫靡《いんび》な方法で発散させるようになっていた。互いの感じる部分を弄り合ったり、押し付け合ったり、あるいは短い間だけ戯《たわむ》れのように挿入してみたり――。

柔らかな肢体に触れるのもいいが、小夜の細い指が桃色のぬかるみに出たり入ったりするのを見せつけられると、我を失いそうになるほど欲情する。

「さよちゃん」

耳もとで低く催促すれば、小夜の手はおずおずと茂みに添えられた。細い指が、やんわりとそこを探る。閉じていた隙間に割り込んで、前後にゆっくりと動く。

「……っあ」

震える指も、すぐさま潤う内側も、今すぐに飛び掛かって舐め尽くしてしまいたいほどに愛おしい。だが、そうして横槍を入れるのが勿体ないと思ってしまうくらいに、小夜の仕草はいやらしく、また、凶暴なまでに扇情的だ。

「上手だよ。指先に液が絡んで、綺麗に光ってる」

「ん、ん」

「たくさん濡れて……偉いね。弄り方、いつの間にそんなに上手くなったの？」

「っあ、ンっ、練習、したんです。ひとりで、夜……っいっぱい、したから……ぁ」

ねちねちと水音をたて、円を描いて恥部を捏ねる仕草の、なんと艶めかしくそそることか。

柳之助の知らないところで、小夜がひとり行為に耽っているさまを想像すると、否応なしに衝動が血液にのって下腹部へと集まっていく。

「んァ、あ……っあ、ぅ……ここ、撫でるの好き……」

「撫でるだけ？」

「は、ぁ……あ、指で、とんとんするのも、いいの……、っん、こうやって……」

次第に小夜は息を浅く、荒くしていく。

柳之助の食い入るような視線にも、煽られているに違いない。もっと見て、とばかりに指を動かす。割れ目の溝に沿って擦ったり、指先でつついたり。そうして刺激され続けた粒は、赤く、ふっくらと存在を主張して柳之助に息を呑ませた。

「そこ、僕にしゃぶられたら、もっと快《よ》くなれるかもしれないね」

「あっ、あ、柳之助さまに、しゃぶられ……る？」

「そうだよ。真っ赤に膨れ上がった部分を、こうして、じっくりと吸い上げるんだ」

柳之助が唇を寄せたのは、小夜の内ももだ。チュクチュクと吸って痕を残してやると、小夜は身悶えながら両目に涙を浮かべた。「して」と乞う。

「それぇ……ここに、して……っ」

ねだりながらも、白い指は動きを止めない。こりこりと粒が転がされると、その下のほうで蜜を垂れ流す入口が虚しく蠢《うごめ》いているのが見えた。

「じゃあ、指、挿《い》れて見せて。片脚を上げて、手は後ろから回して」

「ン、っはい……」

恍惚と微笑む小夜は、さながら酩酊《めいてい》状態だ。

あとは何を指示する必要もない。蜜をこぼす入口へと、吸い込まれていく指を見つめる。くぽくぽと音を上げて出入りした中指は、直後に薬指を添えて埋め戻された。

「あ、ンっあ、は……っンん、りゅ……柳之助さま、早く……ぅ」

無防備な両乳を天井に突き出し、揺らして誘う姿は完璧だ。

柳之助は身体を屈め、割れ目を大きく食む。舌で逆撫でするように割れ目を舐め、少々焦らしてから熟れた粒を口に含んだ。そっと、幾度か吸う。それから、わざと大きな音を立ててじゅうじゅうとそれをしゃぶった。

「あう、あっ、ひぁっ、あっ、すき……、やっぱり、これが一番」

「……は……、指、止めちゃだめだよ」

「は、い……っんん、ここも、いっしょに、弄りたい……あ、あ、気持ちい……」

小夜は反対の手に、自身の乳房を握らせていた。先端を指先でつまみ、軽く引っ張ったり潰したりしている。よほどいいのだろう。もはや、性の奴隷といったふうだ。

「いいんだよ、いつ達《い》っても」

弾ける様子も間近で見たい。いや、見せてほしい。

真っ赤に膨れた粒を舌先でくすぐりながら言うと、か細く言い返される。

「……柳之助さまも、達くところ、見せて……？」

断る理由などありはしなかった。

促されるままに、柳之助も自身のものを左手で握る。すでに、張り詰め切って巌のようだ。

先走ってしまいそうな衝動に耐え、それを擦ってみせる。

「ン……すご、い……大きくて、びくびく、動いてる……」

じっと柳之助の様子に注意を傾ける小夜は、気付いているのだろうか。

腰を浮かせ、恥部をグイグイと柳之助の口に押し付けていることを。

「あっあ、ふ、っ……ァあ、あっ、いい……っいいの、ぉお」

「ツく……僕もだ。きみが、あまりにも、いやらしくて」

すぐにでも衝動のままに突き込んで、奥に注ぎ込んでしまいたい。

細い身体に不釣り合いな、たわわな乳房が暴れるほど揺さぶって、出して、出して、出して
——もうできないと泣かれても、空っぽになるまで腰を打ちつけたい。

「も、きちゃ……っ、きちゃう、くる、っなか、ぎゅって、締まって」

悩ましく腰を反らせる姿が、見惚れるほど艶っぽかった。

耐えきれず、覆い被さる。無防備な左胸にかぶりつく。先端をじゅうっと強めに吸ったら、小夜は高い声を上げて腰を大きく跳ね上げた。

「ヒぁ、ああんンっ……あ、あ――！」

搾《しぼ》り取られる。迫り上がってくる。

思わず下唇を噛んだ次の瞬間、柳之助は溜めていたものを一気に吐き出した。透き通るほどに白い腹の上に、ぱっと欲の証が散る。

「は……熱……ぃ」

うっとりと両目を細め、小夜は下腹部を痙攣させていた。根もとまで収めた指を小刻みに吸い上げるさまは、まだ物欲しそうに見える。

柳之助だって、満足したわけではない。荒い息を整えぬまま、もう一度小夜の左胸の頂を口に含む。強めにそこを吸いながら、勢いを取り戻すべく己を扱く。

今だけは、何もかもを忘れて、互いだけを感じていたい。

8　許しを乞う人

屋敷に戻るよう柳之助に言われた瞬間、小夜の胸にはかすかな安堵が広がった。もう帰らない、二度と家族には会わないと決意したはずだった。どんなに懸命に訴えても、家族には理解してもらえない。戻ったところで、辛い目に遭うだけだ。ましてや、帰宅したら最後、柳之助には簡単に逢えなくなる。駆け落ちを決行しなかったとしても、石蕗家には帰らない。

そう思っていたはずだったのに――。

「よし、行こう」

その日の夕方、小夜は柳之助の運転で小石川へ向かった。

「きみのお父上には、僕が頭を下げる。心配はいらないからね」

器用にハンドルを捌《さば》きながら、柳之助は言う。

「何度も言ったけど、きみは何もしないで。目の前で何が起ころうと、黙って部屋に入るんだ。いいね？」

「……でも、父に殴られでもしたら」

「僕だって男だよ。殴られた経験くらいあるし、それなりに頑丈にできてる。わかるだろう？　これは僕に課せられた試練だ。僕が、自らの力で越えなければ意味がない。それに、きみだって父に頭を下げてくれた。同じことをするだけだよ」

つまり柳之助は、駆け落ち騒動の責めを負って頭を下げようというのだ。

そんなこと、させられるはずがない。無断で自宅を飛び出したのは小夜だ。しかし柳之助の決意は揺るがず、翻意させられないまま自動車は屋敷の門の前に停められた。

（……怖い）

どうなってしまうのだろう。

感じていたはずの安堵感が、今はすっかり不安に置き換わっている。

震えながら車を降りると、あたりは白っぽく煙っていた。隣人がまた、焚き火をしているらしい。そちらを迷惑そうに見ながら庭を掃いていた女中が、小夜に気づいて箒《ほうき》を投げ捨てた。

旦那さま、と叫びながら慌てて屋敷の奥へと駆け込んで行く。

心臓が、壊れそうに跳ねる。

門の前、動けずに柳之助とともにいると、案の定、父が飛び出してきた。

「貴様が久我原の倅か！　この外道《げどう》めが……ッ」

怒り心頭の様子で眉を吊り上げ、柳之助に殴り掛かる。まったく避けるそぶりのなかった柳之助は、右頬を拳で打たれて後ろによろけた。

「りゅ、柳之助さ――」

焦って駆け寄るも、いいから、とやんわりと止められる。

柳之助の戦いは、すでに始まっているのだ。

「大事な小夜さんを無断で連れ去り、誠に申し訳ございませんでした」

「詫びる程度で済むものか！　誑かすだけでは飽き足らず、拐《かどわ》かすとは……っ」

「弁明の余地はありません。どうぞ、煮るなり焼くなりなさってください」

「言われなくともそうしてくれるわ!!」

父は柳之助の胸ぐらを摑み、再び右手を振り被る。鈍い衝撃音に、小夜は身を竦めるしかない。しかし柳之助は何度拳を受けても倒れはしなかった。

大丈夫だと言われているようで、泣きたくなる。

「裏切り者の血め！」

柳之助の唇から、ぼたりと何かが滴り落ちた。血だ。

お父さま、もうやめて。そう叫んでしまいたかった。

「父上」

そこにやってきたのは、一太だった。

「焚き火ついでに隣人が覗いていますよ。このままでは、人が集まってきます」

軍服のまま、父の肩をさりげなく摑んで柳之助から遠ざける。

もしかして、助けてくれた？　ほっとしたのも束の間、一太はまるでとどめを刺すように、柳之助の鳩尾《みぞおち》を膝でしたたかに蹴り上げた。

「ぐ……っ！」

「柳之助さまっ！」

あまりにむごい。兄も父も、これほど冷酷な人間だったとは知らなかった。

苦しそうに咳き込む柳之助に、小夜は駆け寄る。今にも倒れそうな身体を支えてやろうとしたのだ。が、一太に腕を摑まれ「来い」強引に引っ張り戻される。

「そんな男にかまっていないで、とっとと部屋に戻れ」

「嫌です！」

「おまえの考えなど聞いていない。俺は、戻れと命じているんだ」

その目は、柳之助を見もしない。

小夜は猛烈に後悔した。やはり、戻って来なければよかった。柳之助に何を言われようが、絶対に帰らないと言って柳之助のことも止めるべきだった。そうしたら、こんなふうに柳之助を傷つけずに済んだだろうに。

そこに遅れて、母が足袋《たび》のまま駆けてくる。

「小夜！　ああ、小夜。よかった、無事で……っ」

力いっぱい抱き締められる。いつもの洗濯石鹸の匂いが、どうしてだろう。今は息が止まりそうなほど苦しい。

「熱はない？　気分は？」

「……お母さま……」

「ねえ小夜、お腹は空いていない？　里芋の甘く煮たのがあるのよ。それから、わかめのおにぎり。小夜、好きでしょう。ね、食べるわよね？」

優しさのつもりだろうが、小夜には母が何を言っているのか理解できない。傷ついている人がいるのに、どうして食べ物の話などどうして微笑むことができるのか。

行きましょう、と一太が父を促せば、母は小夜の肩を抱いて強引に連れて行こうとする。もはや、柳之助の存在などここにないも同然だ。

「わたし……っ」

わたしは、行けない。

柳之助さまとともに、ここを出て行く。

小夜はそう言うつもりだった。

「――お待ちください」

そのとき、絞り出すような声が背後から聞こえた。

「無礼を承知で申し上げます。僕は」

柳之助だ。思わず振り返れば、ふらつきながらも頭を下げるところだった。

「僕は、小夜さんをお嫁にいただきたいと思っています。彼女を、愛しているんです」

母も驚いたように目を見開き、柳之助を見る。

視界がいっぺんに歪んで、直後、幾筋もの涙が頬を走った。

しかし父はこめかみを引き攣らせ、のそりと振り返る。

「嫁だと……？　貴様、これだけ迷惑を掛けておきながら……ッ」

「お父さまっ」

小夜はすぐさま駆け寄って、父の袂《たもと》を引いた。

「迷惑を掛けたのはわたしです。柳之助さまではないんです。柳之助さまは、勝手に自宅を飛び出したわたしを、匿ってくださっただけです！」

「嘘をつくな！」

「嘘ではありません。わたし——わたしは、この家にいるのがずっと苦しかった。狭い籠《かご》の中に、無理に押し込められているようで、いつか飛び出したいって……だから、火種は以前からわたしの中にあったんですっ」

「世間知らずが何を言う。おまえは久我原の小倅に騙されておるだけだっ」

違う。ふるふると首を振って、小夜は「違います！」訴える。

「柳之助さまを、お慕いしています。これは、まぎれもなくわたしの意思です」

間髪《かんはつ》を容《い》れず、柳之助も言った。

「先祖の行いに関して、僕にはその事実を動かすことができません。皆さんの、過去に対する恨みや怒りを否定する権利も、同様にないと心得ています。僕が祖父の代わりに詫びたところで、許していただけるとも思っていません」

「だったら、とっとと――」

「ですが、諦めることはできません。結婚の許可をいただけるまで何度でも参ります」

＊＊＊

宣言どおり、柳之助は翌日も石蕗家を訪ねてきた。

翌々日も、その次も、そのまた次の日もだ。

勤務時間を終えて、仕事場から直接やってくるのだろう。小夜には、彼の背中が日に日にくたびれていくように見えたが、柳之助本人は少しもめげてはいなかった。

「小夜さんとの結婚を、どうかお許しください！」

雨の日も風の日も、そう言って深々と頭を下げる。

門が閉め切られているときもあった。竹刀を持った小夜の父に飛び掛かられたり、殴られたりもしょっちゅうだ。一太には塩を撒かれ、女中にはすげなくされ……。

日々、繰り広げられる騒動は、あっという間に界隈で話題になった。

断られても断られても、せっせとやってくる美貌の求婚者。見そめられたのが小夜——これまで貰い手のなかったひ弱な娘だということも、格好の噂の種だった。

「麗しの求婚者さん、今日は鼠色の背広だったねぇ」

「ねえ、お似合いだったよ。ところでご存じ？ 彼、華族らしいじゃないか」

「そうそう、それ、俺も聞いたぞ。久我原伯爵家の嫡男とかって」

「へえ！ とんでもない良縁なのに、なんで父親は結婚を許さないのかね」

「知らんのか？ 石蕗家と久我原家は犬猿の仲なんだ。石蕗の当主から以前、直接話を聞いたから間違いない。先代同士、戊辰《ぼしん》の遺恨があるのさ。難儀だよなあ」

「ああ、そりゃ難儀だわ」

両家の間の因縁は、小さく新聞記事にもなったという。悲劇の外国文学や、それを元にした歌舞伎の演目と重ね合わされ、叶わぬ純愛として涙を誘ったのだ。

父は激怒して新聞社に抗議したのだが、小夜は知らない。

(今日は竹取を読み返しましょう。柳之助さまがお好きな、古典文学よ)

自分の部屋に閉じ籠り、日がな本を捲るばかり。

柳之助が日々、結婚の申し込みに来ていることは承知している。可能ならば、飛び出して行きたいと思う。ひと目、顔を見たい。本音を言えば、触れたくてたまらない。

けれど、ぐっとこらえた。

小夜が反抗したとて、進展はしない。

かえって柳之助が責められる可能性もある。柳之助を信じればこそ、家族の誰からも文句を言われぬ姿勢をもって、小夜は彼と共闘しようと決めたのだ。

「小夜？　ちょっといいかしら？」

この日、部屋を訪ねてきたのは母だった。

「芋羊羹《いもようかん》を切ってきたのよ。一緒に食べない？」

「ありがとう、お母さま。でも、遠慮させて」

こんなとき、小夜の答えは一貫している。

とにかく戸を開けない。

決して、踏み込ませない。

そう、己の胸の内と同じように。

「そう？　秀二がね、小夜のためにって浅草まで行って買ってきてくれたのよ」

「ごめんなさい。お腹、空いていないの。全部、みつさんに差し上げて。もうすぐ十月十日《とつきとおか》だし、わたしよりずっと、滋養が必要なはずだから」

次兄の秀二が甘いものを土産に買ってくるのは、これで三日連続だ。

父や長兄の一太が頑なに柳之助を拒む中、すっかり籠の鳥となった小夜を不憫に思ったのだろう。医学生である秀二は元々、純粋な軍人である一太より考えが柔軟だ。

とはいえ自ら運んで来ないのは、父と長兄の目を気にしてのことなのだろうが。

(兄さまたち、お父さまにも、しばらくお会いしていないわ)

彼らと最後に顔を合わせたのは、家出から戻った日だった。

今も怒っているだろうか。いや、当然だろう。愛想を尽かしてもいるはずだ。

殴られた柳之助を思うと、これでいいと思う反面、やるせない気持ちにもなる。

所詮、彼らが可愛がっていたのは、小夜という意思のある人間ではない。己の手元にあって思い通りに動く娘人形。そんな気がしてしまって。

「わかったわ。じゃあ、これはみつさんに持っていくわね」

母は明るく言った。立ち上がったのだろう。薄紙に、斜めに落ちていた影がスッと長くなった。去るかと思えば「それにしても」と小さく呟く。

「私には、なかったわねぇ」

「なかった……?」

「ええ。愛していますなんて、誰かに言ってもらったこと。いいえ、これからもまず間違いなく、ありえないでしょうねえ」

哀愁を感じさせる口調だった。

突然、何を言うのだろう。どういうつもりで、言っているのだろう。訳がわからず返答をし損ねているうちに、廊下から母の気配は消えていた。

兄嫁であるみつが、跡取りとなる長男を産んだのは二日後だ。

一週間後には、祝いの宴《うたげ》が催されることになった。近所や親戚を招き、子供の命名をする。

おめでたい席に――なるはずだった。

＊＊＊

お七夜《しちや》が行われているらしい。

柳之助がそのことを知ったのは、いつものように石蕗家の門の前にやってきてからだ。忙しそうに来客対応をしている女中から、誕生したのは跡取りだと教えられた。

(祝いの席に、水を差すわけにはいかないな)

おめでとうございますと伝えたいが、柳之助から祝われても石蕗家の者は誰も喜ばないだろう。求婚に関しても、今日ばかりは出直したほうがいい。

奥から聞こえてくる笑い声を聞きながら、柳之助は踵を返そうとする。

途端、屋敷の裏手から上がっている白煙が見えた。また、焚き火か。何もこんな日にやらなくても。せっかくのおめでたい席が噎《む》せっぽくなるではないか。

ひとこと言ってやろうと、柳之助は塀伝いに歩き出した。

焚き火をしているのは、隣家の主人だ。柳之助が石蕗家を訪ねてくる頃を見計らって、裏庭に立つ。要するに野次馬だ。という話は以前、やはり女中から聞いた。すると焚き火の原因は柳之助にあるわけで、責任を取らねばという気持ちでもあった。

そうして隣家の生垣に差し掛かったときだ。

柳之助はぎょっとした。

焚き火の火が物置にまで燃え移り、真っ赤な炎を上げていたからだ。物置の向こう、生垣越しには石蕗家の勝手口が見えて、まずい、と思う。

「もし！　どなたかご在宅ですか⁉」

屋敷に向かって叫んだが、返答はなかった。これだけ派手に燃えていて、どうして気付かない？　いや、留守なのか。ああ、そうだ。留守に決まっている。

隣家ならば当然、お七夜の席に呼ばれているだろう。

「すみません。消防を呼んでください！」

通行人にそう叫び、柳之助はすぐさま石蕗家の門へと駆けた。

（さよちゃん……！）

鎮火にあたっている暇はない。まずは石蕗家の邸内から、人々を避難させる。

「火事です！　すぐに逃げて‼」

叫びながら玄関に飛び込んだものの、反応はない。皆、宴会の席にいるのだろう。

柳之助は焦る。煙はみるみる濃くなり、パチパチと爆《は》ぜる音が上がっている。いい加減、気付いてもいい頃だ。盛り上がっているのだろうが、呑気にもほどがある。

もしや、皆、慣れてしまっているのか。

度重なる焚き火の所為で、流れ込んでくる煙たい空気に。

「失礼！」

やむを得ず廊下に駆け込むと、ようやく女中と出くわした。

不審げにする彼女に、炎が上がるほうを示す。台所はもはや、火の海だ。悲鳴を上げ、女中は駆け戻っていった。直後、わっと奥から転げ出てくる人々——。

縁側から大半の人が庭に飛び下りる中、玄関へやってきたのは一太だけだった。

「おまえ……」

柳之助を見て、顔を歪める。が、気にしている場合ではない。

「火もとは隣家の焚き火です。台所にも火が。井戸はどこですか⁉」

「こっちだ」

鎮火するには人手が必要だと、一太も判断したのだろう。舌打ちをひとつしつつも、下足箱の横に積んであった桶《おけ》を柳之助に押し付け、自らもあるだけ抱え、井戸へ向かう。

水を汲んで裏手に回れば、炎はすでに、隣家に面した壁全体を包んでいた。

「……っクソ、火の回りが速すぎる！」

数杯の水を掛けたところで、気休めにもならない。

もはや、単なるボヤでは済みそうにない。遠く、鐘の音。ようやく、火の見櫓《やぐら》の鐘が鳴らされ始めたのだ。火事の発生は、然るべき場所へ伝わった。しかし、消防組員も消化用の腕用《わんよう》ポンプもやってこない。井戸水を汲みながら、じりじりと焦りが募る。

「消防組はまだ来ないのか!? どこでぐずぐずしているっ」

「落ち着いてください、一太さん。ご家族は皆、逃げられましたか」

「当然だ」

「本当ですか。逃げ遅れた者は、絶対に、誰ひとりいないと言い切れますか」

うるさい、と言った一太は憎々しげにこう付け足した。

「逃げ遅れるような、まぬけが我が家にいると思うのか」

つまり一太は、実際に全員の避難を確認してはいないのだろう。嫌な予感がする。というのも先ほど、宴会場から逃げ出す人たちの中に、小夜の姿が見えなかった。

水を汲んだ桶もそのままに、柳之助は皆が集まる門へと走った。父親、母親、赤子を抱いた嫁に怪我人を介抱する次兄……そして親類や近所の者と思しき人たち。

どこだ。どこにいる?

「あ……あ、あなた、」

あたりを懸命に見回していると、小夜の母親がフラフラと近づいてきた。

「小夜……小夜が……っ」

「小夜さんが、どうかなさったのですか」

「今日も、奥の部屋に、籠っていたの。ご近所さんが騒ぐだろうから、お祝いも遠慮しておくって……でも、逃げ出すときに会ったのよ。廊下の途中までは、一緒で……それなのに、取りに戻らなきゃって……屋敷の中に、引き返してしまって……っ」

「取りに戻る？」

「ええ……ええ。何を取りに行ったのかは、私にも、わからないのよ」

柳之助は屋敷を振り返り、そして青ざめた。

屋敷は大きなひとつの炎の中にあって、すべてが激しく燃焼していたのだ。

「必ず連れ戻します！」

短く言い残すと、すぐに井戸へ走った。汲んであった水を、すぐさま頭から被る。そして柳之助は燃え盛る屋敷へと躊躇《ちゅうちょ》なく飛び込んだ。

(さよちゃん、どこだ⁉)

取りに戻る。小夜はそう言ったという。

何をだ？　その身を危険に晒してまで、小夜は何を取りに戻る必要があった？

そもそも小夜の居場所どころか、屋敷の造りもわからない。部屋数も、どこに何があるのかも見当がつかない。無謀すぎる行いをしている。それでも。

見つけ出すまでは、引き返すわけにはいかない。

「……っ」

途端、倒れ込んできた障子戸に当たりそうになった。

襖紙など、薄いものはことごとく溶けるようになくなっている。

ぱちぱちと爆ぜる音が、ひっきりなしに聞こえる。袖口で鼻と口を覆っていても、息苦しいほどだ。迫り来る強烈な熱気には、しっかりと目も開けていられない。

「く……っゲホ……ッ」

肺が急激に縮むような、煤《すす》くさい感覚に柳之助は覚えがあった。

どこで、だっただろう。横浜へ、蒸気機関車を見に行ったときか？　ああ、違う。そうだ、倫敦。

学生時代、遊学した英吉利でのことだ。

季節は冬。

特に冷え込む夜や明け方、倫敦は数歩先が窺えないほどの霧に閉ざされる。

土地柄、偏西風の影響で霧が発生しやすいらしい。幻想的で美しいと見惚れていられたのは初日だけで、翌日からは肺病を患ったような咳と、黒い痰に悩まされた。

聞けば、倫敦の霧には石炭の煙が多分に混じっているという。

(妙に、夢から覚めたような気分にさせられたな、あのときは)

小夜が言う、実物を知らないから夢が見られる、という考えも、だから一理あるのだということを、柳之助は実はよく理解している。世界は、綺麗なだけじゃない。

それでも、連れて行きたいと思った。

世界中のどこどこまでも。

小夜の手を引いて、きっと感動に輝くであろう瞳を、側で見たいと願った。

――まだ、成し遂げていない。

ともに海を渡ることだけじゃない。夫婦になることも。互いの家族に祝福されることも。なんの制限も時間の限りもなく、思うままに愛し合うことも。

――これからなんだ、何もかも。

すべて叶えてみせる。そのためなら、なんだってできる。そう信じて道を切り拓いてきた過去を、ほかでもない、小夜が思い出させてくれたのだ。

(頼む。僕の目の前から、いなくなったりしないでくれ)

よたつきながら各部屋を確認していると、背後から地響きのような音がした。ついに台所の屋根が落ちたのだ。もう一刻の猶予もない。早く見つけなければ、手遅れになる。

そうして次の部屋を覗き込んだときだ。

床の間の手前、へたり込んでいる小夜を見つけたのは。

「さよちゃん!」

駆け寄って膝をつくと、柳之助さま、と小声で呼ばれる。

（意識がある！）

安堵のあまり、脱力しそうになる。かろうじてだが、間に合ったのだ。すぐに小夜を抱き上げて、柳之助は、その腕に何かが抱えられていることに気付いた。

長い、杖のようなもの――いや、日本刀だ。

ひと振りの脇差。つまり小夜は、これを取りに戻ったに違いなかった。

何故？　いや、考えている暇はない。

「無茶をしないでほしいと、言っておいたはずだよ」

華奢な身体をぎゅっと抱き締めたあと、柳之助は残された体力を振り絞って立ち上がり、小夜を横抱きにしたまま縁側から裏庭へと飛び下りた。

門まで戻ると、小夜の家族が待ち構えていたように駆けて来る。

真っ先にやって来たのが父親だ。小夜、と叫び無事を確認すれば、続けて母親が泣き崩れ、同時に次兄が小夜の脈を取って状態を確認する。

振り返ると、ゴオゴオと音を立て炎は怪物のように屋敷を呑み込んでいた。野次馬のざわめきと呼応するように、焼け焦げた柱が次々と崩れる。まさに断末魔だ。

現実味のなさに、一瞬、茫然としてしまう。

「……お父さま、これ」

そんな中、当の小夜は掠れた声でそう言って、抱いていた日本刀を差し出した。

そこで柳之助はハッとする。この刀は、例の、父親が大切にしているものに違いない。

以前、手紙に書いてあった。つまり、柳之助の祖父の片目を奪った刀――。

ぶるぶると震える手が、そこに伸びる。躊躇うように、鞘《さや》を摑む。

「ば、馬鹿者っ。こんなくだらないものに、命を懸けるな……ッ」

そうしている間に、次々と消防組員がやってきた。

先に到着していたらしい腕用ポンプの側には、忙しなく水桶を運ぶ一太の姿がある。再び柳之助も消火活動に加わり、鎮火は日付が変わる頃、ようやく叶ったのだった。

9　萌芽

石蕗家の屋敷は全焼した。

庭木もほとんどが丸焦げになり、失われたのは一家の住む場所だけでなく、思い出の品々や見慣れた景色も何もかもだった。

あれだけ必死になっても、小夜が屋敷の中から持ち出せたのはひと振りの刀だけで……本当にそれだけで。できることなら母の着物や兄の卒業証書も守りたかった。そう悔やみつつも、どこか他人事のようだった。

（なんだか、現実じゃないみたい……）

こうして小夜は茫然とした状態で、翌日から避難生活を余儀なくされた。

「小夜ちゃん、休んでいていいんだよ。まだ火事から三日しか経ってないじゃないか」

「いえ、叔母さま。もう充分、休ませていただきましたから」

小夜はどうにか笑って、叔父宅の台所に立つ。

小夜が父と母と三人で身を寄せたのは、隣町にある叔父の屋敷だ。

一太とみつの間には赤ん坊がいるから、同じく幼子を育てている伯母の家へ行った。

独り身の秀二はといえば、茜の下宿先に居候《いそうろう》だ。ひとりくらいならいいわよ、と快く受け入れてくれた茜には、今後、家族の誰も頭が上がらないだろう。

当初は――。

「皆さんが全員で、住める屋敷をご用意いたします」

柳之助が、そう言ってくれたのだ。

しかし、父がきっぱり断ってしまった。

そこまでしてもらう筋合いはないとのことで、相変わらずの頑固ぶりだが、久我原の名を理由にしなかっただけ、態度は軟化しているのかもしれなかった。

(とはいえ、しばらく結婚の話は棚上げでしょうね)

ため息をつきつつ、ひとまず立ち働く。じっとしているとどうにも落ち着かず、どうしても叔父家族に申し訳なくなってしまうので、小夜は常になにかしらの家事をしていた。

そうして身の置き所がなかったのは、小夜の父も、だったらしい。手持ち無沙汰で縁側の隅にぼうっと座っていると、察したように知り合いが訪ねてきた。

「おお石蕗くん、今回は災難だったな」

警視庁の上司、同僚、それから懇意にしている士族たち。

それぞればらばらにやって来ては、何故だか皆、同じようなことを言う。

「家族全員、命があってなによりだよ。いや、しかしなんだ、きみ、いつまでもつまらん意地など張っているから、バチが当たったんじゃないかね？」

「つ、つまらん意地とはなんだ」

「小夜ちゃんのことさ。お相手の柳之助くんだがね、今どき、あんな好青年はおらんぞ。俺はチャリティー会場で話したことがあるが、穏やかで聡明で、小夜ちゃんといかにも気が合いそうじゃないか。先祖の因縁だなんだとくだらん理由をつけて、結局きみが可愛い娘を嫁に出したくないだけだろう」

「ぐぬ……、いや、しかし、家柄を別にしても、小夜は身体が弱くてだな」

「何を言う。最近の小夜ちゃんはよく動くようになって、以前よりずっと健康そうだ。だいいち、華族さまのお宅にお嫁に行ったなら、一般家庭よりはるかに家事の負担は少ない。きみだって、本当はもう正解がわかっているのだろう」

「貴様、さてはあの小倅の差し金かッ！」

「心外だな。俺はどちらかというと、石蕗くんの味方だぞ。だからここまで口を挟まず、じっと静観してきたんじゃないか」

聞けば、皆、別に示し合わせてやってきたわけではないようだった。小夜から尋ねても、全員が、柳之助から助太刀を頼まれたのではないと断言した。

小夜は不思議だったし、思いもよらなかった。

こんなに多くの父の知り合いと、柳之助が繋がっていたとは。そして彼らが、柳之助をこんなにも評価してくれているとは。一体、柳之助はどんな魔法を使ったというのだろう。

（いいえ。これは、柳之助さまのお人柄のなせる業《わざ》よね）

これまでずっと、ふたりだけで世界に抗っているような気がしていた。

けれど今は、すぐ側にたくさんの味方がいるのだと思える。

柳之助本人は遠慮しているのか、叔父宅を訪ねてくることはなかったが、変わらず頭を下げに来ているかのように――いや、それ以上に効果ある援護射撃が続いた。

「兄さん、ちょっといいかい。黙っておいてほしいと言われたけれど、一応伝えておくよ。米やら味噌やらを、例の柳之助くんが山ほど届けてくれてね」

叔父からもそう告げられ、いよいよ父が大人しくなった直後だ。

話し合いたいと、連絡があった。

久我原伯爵から、石蕗敬――小夜の父親にだ。

その晩、小夜は両親とともにとある料亭を訪ねた。

「話というのはほかでもない、ふたりの結婚についてです」

口火を切ったのは久我原伯爵だった。

その向かいで、小夜の父はこめかみを引き攣らせている。今にも毒を吐きそうだ。母を挟んで左隣の席にいる小夜はハラハラして、生きた心地がしなかった。着物の帯がきつい所為もあって、うまく息ができない。今にも酸欠になりそうだ。

それにしても、小夜はまさか父が伯爵との話し合いに応じるとは考えていなかった。てっきり、すげなく断ってしまうと思ったのに、どういった心境の変化だろう。いや、これは周囲の人たちが、柳之助の味方になって散々ついてくれたおかげに違いない。

小夜の向かいの席には、背広姿の柳之助がいる。

何週間ぶりに顔を見ただろう。きちっと切り揃えられた短髪姿がよく似合い、息を呑むほど綺麗だ。微笑みかけられると、心臓が止まってしまいそうになる。

「当初、私は反対の立場でした」

静かな声で、伯爵は言う。

「いくら小夜さんが素晴らしいお嬢さんだとしても、両家の間の溝を埋めるのは容易ではない。私は石蕗家の前ご当主を恨んでいますし、そちらも同様でしょう。よしんば結婚を強行したとして、両家の板挟みになって苦しむのは若いふたりです」

「……そうですな」

というのは小夜の父の言葉だ。

「恨みを忘れろというのは、どだい無理な話です。なにせ、当家は手酷く裏切られた。どこかの誰かの気まぐれの所為で、一族存亡の危機に陥ったのですからな」

「気まぐれ？　どうやら貴殿には一族の長としての決断力が欠けているようですね」

「なんですと⁉」

「父も苦渋の選択でしたよ。視力を失っても、これが己の取るべき責任だと潔く受け入れていました。だから余計に、勝ち誇ったようなそちらの態度が癪《しゃく》に障るのです」

すっかりお互いに喧嘩腰だ。このままでは話し合いが決裂してしまう。

焦る小夜の前で「父さん」と柳之助が父親を制止した。

「今日は、過去の話は無しにしていただきたいと申し上げておいたはずです」

口ぶりからして、この場を主導して設《もう》けたのは伯爵ではなく、柳之助のようだ。

伯爵は仕方なくと言ったふうに、続きを呑み込んでいる。

小夜はほっとしたが、母の向こう、父が勝ち誇ったように笑っているのを見てぎくりとしてしまった。あちらが咎められたからと言って、何を喜んでいるのか。

腰を浮かせて父にひとこと言おうとしたら、母が「ごほん」と咳払いをした。

「不躾ながら、お話に割り込ませていただいてもよろしいかしら？」

予想外の言葉に小夜はどきりとしたが、柳之助は落ち着いたまま頷く。

「ええ、どうぞ」

「ありがとう、柳之助さん。火事のときも、本当にありがとう。あなたには、いくらお礼を言っても言い足りないわ。小夜を救ってくれたことも、消火活動に加わってくれたことも、私たち家族の居候先、三か所全部に食料を届けてくれたことも」

「……食料の件、ご存じでしたか」

「ええ。一太や、茜からも話を聞いたわ。いの一番に、そのお礼をお伝えしなければと思っていたのだけど、出遅れてしまってごめんなさいね」

「いえ、とんでもない。そんなにお気になさらないでください。僕の知り合いで、米の品種改良に携わっている男がいるんです。声を掛けたら快く譲ってくれたものですから、ぜひにと」

「まあまあ。お顔が広いのねぇ」

「おいっ、何を勝手に媚びておるんだ！」

父は怒鳴ったが、母は相手にしなかった。父の言葉など、さっぱり耳に届いていないかのように「伯爵」と柳之助の父に笑いかけてみせる。

「柳之助さんの評判は、私も主人も聞き及んでおりますわ。ここ一か月ほどかしら、やけにたくさんの方が訪ねてきて、毎日のように柳之助さんの話をしてくださって」

えっ、と目を丸くした柳之助はつまり、与《あずか》り知らぬことだったのだろう。

「今日は奥さまにも、お会いしとうございましたわ。どのようにしてこんなに素晴らしいご子息をお育てになったのか、お尋ねしようと思っていましたの」

「いや、申し訳ない。これの母親は早くに亡くなっていましてね。今の家内は柳之助が大きくなってから貰った後妻なもので、今日は遠慮すると言われまして」

「まあ。では、主に柳之助さんをお育てになったのは伯爵ですのね」

「そう――いうことになるのでしょうか。ですが、育てたと言うほどのことは」

「ふふ、ご謙遜を」

「いいえ、実際、柳之助は手の掛からない子でした。幼い頃から、長男としての自覚もあったのでしょう。無茶を言ったのも、今回、結婚の話が初めてだったくらいです」

そう言った伯爵は、ふいに考え込むように宙を見た。

何かを思い出しているような、あるいは噛み締めているような……そうしてできた間を埋めるように、小夜の母は言う。

「ねえ、柳之助さん」

「はい」

「以前、おっしゃったのを覚えている？　小夜を、愛している……って」

小夜はどきりとしたが、柳之助は照れもせず「もちろんです」と頷く。

「私ね、とっても感激したのよ。だってそんな言葉、お芝居以外では一生、耳にすることなんてないと思っていたから。同時に、ああ、そうなのねって、妙に真理を悟った気分にもさせられてね」

「真理ですか」

「ええ。家同士で決めた結婚なんて、もうすでに絶対ではなくなっているのよね。ほら、ここ数年で洋装の人がずいぶん増えたでしょう。あんなふうに、これからは己の意思で己のことを決めて、人生を切り拓いていける世の中になっていくんじゃないかしらなんて、いきなり閃いてしまって……大袈裟すぎるかしら？」

「とんでもない！　同感です。そうあるべきだと思います」

小夜は以前、母が障子越しに呟いた言葉を思い出す。

こんなふうに考えていたのか。

「何をごちゃごちゃと！　儂《わし》はもう帰るぞッ」

小夜の父が憎々しげに言ったが、母にはやはり気にするそぶりもない。帰りたいなら帰りなさいな、とばかりにツンとしている。これほど強気の母を、小夜は初めて見た。

「僭越《せんえつ》ながら、私も奥さまのご意見に賛同させていただきます」

すると、伯爵が言った。

まだ先ほどの、何かを噛み締めるような顔のまま。

「実はここ一か月ほど、娘や息子たちから毎日のように責められていまして」

「あら。何をですの？」

「柳之助と、小夜さんの結婚を認めてほしい。でなければ家を出て行くと……まだ学生の身で、一丁前に親を脅そうとするわけです。一昔前なら考えられないことでしょう」

柳之助が腰を浮かせる。

「ちょっと待ってください、父さん。僕は、そんな話は聞いていない」

「言うなと止められていてね。三人とも、柳之助が駆け落ちをせずにいるのは、自分たちのためだと思っている。つまり三人は自分たちが揃っていなくなれば、おまえが自由にできるとでも考えたんだろう」

柳之助は動揺しきって、視線を泳がせている。小夜の脳裏には雛子、真司、啓司の顔がそれぞれ順番によぎった。

「小夜」

すると、母は今度は身体ごと小夜のほうを向く。反射的に視線を移すと、優しい微笑み、それはまるですべてお見通しといったふうだった。

「今度はあなたに聞くわ。ねえ、火事のときあなた、わざわざ脇差を取りに戻ったわよね。お父さまが大事に床の間に飾っていた、お祖父さまの日本刀」

「……え、ええ。でも、そんなこと、今、どうして」

「いいから、答えて。言ってみれば、あれは久我原家との因縁の象徴よ。消えてしまったほうが、ふたりにとっては都合がよかったのではないの？　どうして、己の身を危険に晒してまで取りに戻ったりしたの」

こんなときに何故、そんなことを聞かれるのかわからず、小夜は困惑してしまう。しかし、問い自体は難しいものではなかった。答えなど、最初から出ている。

「それは……」

それは。

「危険だなんて、咄嗟には考えられなくて。無我夢中で。あの脇差はお父さまが大事にしていたものだし、失くしたら悲しむだろうし、それに」

「それに？　なあに？」

「消えてしまってはいけないものだから。目を逸らしたいわけじゃないから。だって、わたしたちは、過去の因縁をなかったことにしたいとは思っていないの」

何かに気付いたように、柳之助が視線を上げる。正面から、目が合う。

きっと、柳之助だって同じように言う。

「逃げずに、ふたりで立ち向かおうって、そう決めたから」

そして、乗り越えられると信じている。

柳之助と一緒ならば、きっと。

伯爵が、神妙な顔で息を長く吐く。様々な意見を一旦呑み込み、胸の内に収めているかのように。

一方、笑顔の母は「あなた」と父を肘でつつく。

「またとないご縁よ。あなたも、そう思うでしょう？」

「ぐうっ……」

「そろそろ、素直になられては？」

顔を真っ赤にして唸る父は、怒り心頭の様相だ。

また、毒を吐かれる。そう思ったのに次の瞬間、発せられた言葉は「わかっておるッ」だった。

「お、お父さま……？」

小夜は面食らって、それしか言えない。

「ッ……儂とて、あれだけ知り合いという知り合いから評判を聞けば、認めもするわい。その倅も、そこそこ見込みがないことも……ないのだろうと」

聞こえていても、まだ意味がわからなかった。

「恩だって、ないこともない。燃え盛る炎の中から、小夜を救ってもらった。あのとき消えていたはずの命なら、快く譲ってやるのが筋だろう」

「その調子ですわ、あなた」

「……くっ……だが、納得はいかんっ」

父の肩はぶるぶると震えている。

「許してやろうと思った次の瞬間、ひっくり返したくなる。どす黒いもので胸がいっぱいになる。当然だろう。儂は……儂は、父の苦労を間近で見てきた。父から、久我原を一族の敵と思えと教えられてきた。憎め、恨めと……長年かけて血肉に染み付けられてきたものを、どこでどうやって消せと言うのだ！」

これには、母にも掛ける言葉がなかったらしい。途端に沈痛な顔になり、太ももの上に重ねた両手を握り締めている。

小夜も、もはや何も言えなかった。

父は、自ら久我原を憎もうと思って憎んだわけではない。幼い頃からそれが正しいのだと、否応なしに教え込まれてきたのだ。

おそらく――一太も。

そう簡単には、変えられない。ましてや他人がそれを変えようだなんて、彼らから見れば勝手でしかない。だからと言って、諦めるという選択肢は小夜にも柳之助にもない。

一体、どうしたらいいのか。

「石蕗さん」

そこで、伯爵が口を開いた。

「貴殿のお気持ちは痛いほどわかります。我々ほどの年齢になると、容易には価値観や考えを変えることはできない。苦しいのは、私とて同じです」

「……久我原の……」

「今までの己をひっくり返すのは、どうしたって無理です。諦めるしかない」

「そ……れは、だが、そういう、わけには」

「ほう？　そういうわけにいかないとお思いですか。奇遇ですね、私もです」

そしてニコリと、柳之助のように笑ってくれる。

「ですから、こういうのはどうでしょう。まず、疑問を持つのです。絶えず、考えるのです。過去の常識に囚われていないか。何が正しくて、何を守るべきなのか」

「考える……？」

「ええ。これは革命です。革命というのはまず、疑問を抱くところからが始まりです。我々も、逃げずに、古き価値観に立ち向かってみませんか」

政治家らしい、力のある言葉だった。胸が詰まって、あまりにありがたくて、小夜は伯爵の顔を見られなくなる。込み上げる涙を、必死でこぼれないように我慢する。

ややあって、小夜の父が納得したように頷いた。

こうしてふたりはついに、めでたく結婚の許しを得たのである。


それから数か月、小夜は十九になった。

季節は巡り、ふたりが出逢ったのと同じ初夏のこと。

急ぎで建て直された石蕗家の屋敷から、華やかな花嫁行列が発《た》つ。白無垢《しろむく》に文金高島田《ぶんきんたかしまだ》、綿帽子と古式ゆかしく着飾った小夜は、人力車に揺られながら驚いてしまった。どこで聞きつけたのか、道々に、途切れることなく見物人がいたからだ。

そう、久我原家の邸宅に至るまで、ずっと。

「では、誓杯の儀を執り行います」

ずらりと並んだ親族の前で、三三九度《さんさんくど》の杯を交わす。

式は、久我原家からほど近い小さな神社で執り行われた。

柳之助は紋付の黒羽二重《くろはぶたえ》――撫で付けた髪型も凛々しく、時折、綿帽子のふちから覗くその姿に、いちいち鼓動が乱れてしまう。

(今日から、夫婦なのだわ)

今でもまだ、信じられない。

あれだけ待ち望んだ当日なのに、なんとなくフワフワしている。地に足がつかないというか、あらゆる感覚が身体の外にある感じというか。

嬉しいが。顔面が蕩《とろ》けそうになるほど、嬉しいのだが。

大火事の後で何かと慌ただしかったにもかかわらず、嫁入り道具を山ほど、それも上等品ばかりを揃え、新築の家から立派に送り出してくれた両親には感謝しかない。

「さぁちゃん、柳之助さんも、おめでとうっ」

久我原邸の和室で宴会が始まると、真っ先に茜が飛んできた。

今日も、目が覚めるほどの美人だ。青色の振袖がよく似合う。

「ごめんなさいね。私が内緒で実家に出入りしていたのがバレて、騒動が大きくなってしまって。私の所為で、大変な目に遭わせてしまったわね」

「そんなこと言わないで！　姉さまがいなかったら、今日を迎えられなかったわ。姉さまには、本当に感謝してる。姉さまあってのわたしたちよ。ね、柳之助さま」

「ああ。茜さん、その節はありがとうございました」

「ふふ、ふたりが幸せそうで、ほんとに嬉しい。あ、ねえねえ聞いて。私ね、さっきお父さまから夕食に誘われたのよ。たまにはうちで食え、ですって」

「まあっ。お父さまが？」

「そ。さぁちゃんがお嫁に行ってしまうから寂しくなったのね、きっと。ふふふ」

思わず柳之助と顔を見合わせる。勘当していた茜を、父が家に招くとは。

火事の後、世話になったから……というのもあるだろうが、それだけではない。おそらく父は実行しているのだ。例の、絶えず考える、ということを。

「おうおう、柳さん、両手に花ってか」

そこに、徳利《とっくり》を片手に提げた男がやってくる。日焼けした肌の、歳の頃は見たところ三十代半ば――柳之助と同じくらいだろうが、やけに粗野な印象だ。

くたびれた背広を着ている所為だろうか。

「ちくしょう、うまくやりやがってぇ。女嫌いのくせに俺より先に結婚すんなぁ」

「あまり飛ばしすぎるなよ、ジンさん。下戸《げこ》なのに」

「まだ一本しか呑んでねえよぉ。うー、本来なら、俺が女学校でチヤホヤされる予定だったのによぉ。もともとモテる柳さんが、さらにモテた挙句に嫁さんまで貰って……不公平だ……俺は相変わらず、米、米、米、稲作三昧《ざんまい》の毎日だってのにさぁ」

「好きでやってるんだろ」

そこで柳之助は少々、小夜のほうに身体を傾ける。そして顔を寄せ、例の友人の谷敷だよと意味深な苦笑いで言った。

小夜はハッとする。

谷敷。当初、女学校で英語教師をするはずだった人だ。

柳之助は、この人の代理として教鞭を執っていた。彼が本物の谷敷先生——しかし、柳之助とは印象があまりに違いすぎる。よく身代わりが務まったものだ。

挨拶しようとすると、茜が「ねえ」と口を開いた。

「ねえ、もしかしてあなた、あのお米を育てた人？」

「ん？」

「以前、柳之助さんが持ってきてくれたお米よ！　そうでしょ⁉」

ええそうですよ、とは柳之助が答えた。

「やっぱり！　あのお米、まさしく絶品だったわ！」

「お、おお。味がわかるな、お嬢さん」

「茜よ。私ね、美味しいものには目がないの。以前は茶屋巡りを趣味にしていたのだけどね、このところ定食店巡りも始めたの。けど、あんなにふっくらと甘いお米、どんな店でも食べられない。あなたが育てたのね。もうもう会えて本当に嬉しい！」

「嬉しい？　俺に会えて……？」

「もちろんよ」

ぱあっと谷敷の顔が明るくなる。

「そ——そんなに気に入ったなら、また米、分けてやろうか」

「いいの!?」

「ああ。もっと美味いのもあるぞ。茜ちゃんさえよかったら、田んぼだって案内するし、稲刈りに参加してくれたって……いや、もちろん迷惑ならいいんだけど」

「迷惑なんてありえない！　絶対、絶対に行く。ね、いつ？　来週でもいい？」

あっちで話しましょ、と茜が続きをリードした。お世辞でもなんでもなく、米にも谷敷にも興味津々といったふうだ。

かたや谷敷も、まんざらでもない。というより、突然迫力の美人から言い寄られるような形になって、照れつつも興奮しているのが小夜にもわかった。

「……気が合いそうですね、ふたり」

　ふたりの背中を見送りつつ小声で言うと、柳之助が頷いた。

「うん、意外というか、なんというか……いや。やっぱり納得かな」

「納得？」

「ジンさんは、米の品種改良をライフワークにしていてさ。つまり既存の概念をひっくり返して、新たな価値を生み出そうとしてる人なんだ。茜さんは時代の最先端を行く女性だし、お互いによき理解者になれるんじゃないかな」

「まあ！　それは、確かに」

　そこで、年配の男性たちが大笑いしながら近づいてきた。

　我こそがふたりの仲を取り持った、石蕗の当主を説得してやったのだと──彼らは火事の後、次々とやってきて柳之助のよさを語っていた人たちだ。

「まあ、呑んでくれたまえ、柳之助くん。そらそら」

「わっ、ああ、ありがとうございます、いただきます」

　柳之助の杯には、日本酒が次々に注がれる。

　と、さめざめ泣く声が聞こえてきた。小夜の父だ。紋付の立派な羽織の袖で、豪快に涙を拭いながら呆れ顔の秀二に慰められている。

　一方、柳之助の父親はといえば、若者を集めて演説でもしているのだろうか。なにやら難しそうな顔で、片手を振り上げ語っていた。

母たちふたりはあっちこっちとお酌《しゃく》に忙しく、双子はもりもり食べ、雛子は嬉しそうな顔でこちらに両手を振っていて……。

(ああ、わたし、今、すごく幸せ)

ようやく、現実が身に馴染んだ感じがした。

目の前の人々が、美しい景色のように見える。

ひどく長い道のりをやってきたようでも、気付いたらずっとここにいたようでもある。

夢みたいですね、そう柳之助に話し掛けようとした小夜は、隣を見てギョッとした。あるべき新郎の姿が、大勢の男たちとともに消えていたからだ。

「柳之助さま?」

もしや、酒を呑まされすぎて気分が悪くなったのでは。断りもなく消えるなんて、よほどの緊急事態だったに違いない。小夜は慌てて立ち上がり、宴会場を出る。

すると、ブラケット灯が点々と連なる廊下の先。

曲がり角の向こうに、柳之助らしき袴の後ろ姿が覗いているのを見つけた。

「――懲《こ》りないな、おまえ」

駆け寄ろうとして、小夜はぎくりとする。

(一兄さまの声……柳之助さまと、一緒にいるの?)

一太と小夜は、この頃ほとんど話していない。

火事どころか、柳之助との駆け落ち騒動以降、ずっとだ。今朝も家を出る前に声を掛けたが、気をつけて行け、と短い返答しかもらえなかった。

まさか、この期《ご》に及んでこの結婚に反対しようというのでは――。

「何べん言わせるんだよ。俺は、父の決定に従う。父が許可を出したのだから、おまえと小夜の祝言《しゅうげん》について、今さら文句をつけるつもりはない」

「お父上の決定に嫌々従う格好では、不満が残るでしょう。僕は、本音で話していただきたいんです。一太さんの、心からの気持ちが聞きたい」

「聞いてどうする」

「さよちゃんのご家族には誰ひとり、今回の結婚について悔いてほしくないんです」

どういうことだろう。

小夜は首を傾げてしまう。食い下がっているのは柳之助で、これではまるで、以前からふたりはたびたび同じことについて話し合ってきたかのようだ。

「……まったく」

ガシガシと、一太は後ろ頭を掻いたらしい。

「おまえみたいな腕っ節の弱いボンボン、ちょっと痛めつければ尻尾を巻いて逃げ出すと思ったんだ。そんな根性なしの男にお小夜はやれんと言うつもりだったのに、まさかこんな、ヒルみたいにしつこい野郎だとは思わなかった」

「ありがとうございます」

「褒めてないからな」

その声に、以前のような棘《とげ》はない。

一方、柳之助のほうは執拗《しつよう》に食い下がる。

「なんでも言ってください。罵倒してくださっても構いません。なんなら、もう一発殴っておきますか。すっきりするでしょう。さあ、いらっしゃい」

言いながら、腕を広げているようだった。

小夜は首を傾げたきり、動けなかった。

これだけ盗み聞いてもまだ、ふたりがどんなつもりで話し合っているのか、理解できなかったからだ。

なんとなく察せられるのは、一太と柳之助の間に流れる空気が驚くほど柔らかくなっていることくらいで……。

(いつの間に？　お父さまに結婚の許可を貰ってから？)

いや、もっと前からだろうか。わからない。

「軟弱者がイキがるな。新郎が顔を腫らして屏風《びょうぶ》の前にいたら、何事かと思われる」

「誰も気付きませんよ。皆さんもう、出来上がってますから。ほら、遠慮せず」

「……なんなんだよ、おまえ」

「何って、そりゃ、大事な妹さんを掻っ攫っていく憎き男です」

どうぞと、柳之助は顔を差し出す。

陰で聞いていても、どきっとするほど挑発的な口ぶりだった。案の定、一太はむかっ腹が立ったのだろう。軍仕込みの自慢の右腕を振り上げた気配——まずい。

止めに入ろうとしたが、間に合わなかった。

ドッと重い衝撃音を立てて、床に崩れ落ちる男の身体。また、殴らせてしまった。みすみす、殴られるのを許してしまった。つまり小夜は倒れたのが柳之助だと思ったのだが、そうではなかった。

「……は……？」

床の上で呆けた声を上げたのは、一太だった。

殴り掛かったはずの一太が、天を向く格好で倒れている。

一体全体、あの一瞬のうちに何が起こったのか。小夜にはまったく理解できない。一太の身体が宙を舞った気もするが、定かではない。

「なんだ、今の……」

己の掌を見つめる一太を、柳之助はひょこっと覗き込む。

「大丈夫ですか？　一応、ダメージは最小限に留めたつもりですけど」

「最小限って、おまえ、俺に何をした」

「何……ですか。ううん、護身術とでも言いましょうか。僕、得意なんですよ。他国へ渡れば、僕ら日本人は小柄で狙われやすいでしょう？　何度か命の危険を感じることもありまして、相手の力をうまく利用して反撃できるよう特訓したんです。船旅はハードなので、もともと体力には自信ありましたし」

「腕が立つのを、隠していやがったのか！」

「いや、そんな、人聞きの悪い。結婚をお願いしに行って、殴り合いになったら元も子もないですし。だいいち、一太さんは軍人さんです。毎日厳しい訓練をなさっている貴方と、正面から馬鹿正直にやり合って勝てる気はしません」

柳之助は謙遜というより本気で言っているようだったが、小夜にはとてもそうは思えなかった。

現状、一太は完敗だ。この先、何度やり合ったとしても柳之助には勝てないだろう。

それだけの技術を、おそらく柳之助は持っている。

(確かに体力はあるし、やけに筋肉質だとは思っていたけれど……)

よもや、これほど腕が立つとは。

「そんなわけで、僕は腕っ節の弱いボンボンでも軟弱者でもないんですよ。安心して、本音をぶちまけてください。ね？」

長いため息が聞こえる。一太だろう。

もはやこれまで、お手上げだという雰囲気だ。

「わかったよ。言えばいいんだろ、言えば」

「はい。なんなりと」

まったくしつこすぎるんだよ、などとぼやきながらも、一太は言った。

「お小夜に、子供をたくさん産ませてやってほしい」

カッと頬が火照《ほて》る。いきなり、何を——。

「そんな危険、絶対に冒すなと以前の俺なら言っただろう。無理はさせず、安心安全な場所で守っていたかった。だが、それをお小夜は喜ばない。そうだな?」

「はい」

「大事大事に守っているつもりで、余計に脆くしていたのは俺だ。そしてお小夜を強くしてやれるのは、この世で唯一、おまえだけなんだろう」

一太なりの、なによりのエールだ。

小夜は、耐えきれず両目から涙を溢れさせた。

ときに兄というより親のように、可愛がってくれた。

その背で何度、優しい子守唄を聴いただろう。

窮屈に感じ始めたのはきっと、あの腕に収まらないほど小夜の身体が大きくなってから。それより前は、安心感ばかり覚えていたはずだ。

（ありがとう、一兄さま）

胸の中で感謝の言葉を呟き、小夜は宴会場へ引き返す。

屏風の前の席に戻ると、待ち構えていたように柳之助の父親がやってきた。若々しい後妻も一緒だ。嗚咽してしまいそうな声を、うまく誤魔化し切れるだろうか。

10　初夜の月

まばゆいくらいの、満月の夜だった。

身体の前に回された手に、顎を捕まえられる。斜めに振り向かされ、口づけられる。

「ん……」

格子窓の向こう、磨《す》り硝子《ガラス》越しに、とろけた月はまるで泣いているみたいだ。ひと匙の寂しさと、なみなみとたたえた喜びとが、ゆるく混ざり合いながら溢れていく。

「白無垢、とてもきれいだった」

「……本当ですか？」

「うん。何度も見惚れていたのに、気付かなかったの？」

「はい……。柳之助さま、いつもと変わらない表情のように見えましたし」

「それはさ、いつも見惚れてるってことだよ。でも、今日はいつもよりもっとだ。我を忘れて見入ってしまいそうなほど、女神のようにきれいだった」

「ほ、褒めすぎです。柳之助さまこそ、紋付袴、とてもすてきでした」

一度離れた唇が、ゆっくりとまた重なる。

祝いの宴がお開きになり、ふたりがやってきたのは久我原邸の離れだった。

もとは撞球室《どうきゅう》として建てられ、柳之助の父が文化人たちのサロンとして使用していたものだ。最近はあまり使っていないからと、改装して明け渡してくれた。

二人が寄り添う一階の居間には、大きな暖炉《だんろ》のほかに、英国製の卓と長椅子がしつらえられている。縦縞模様の壁紙にふんわりとかけられた花柄のカーテンは、まるで貴婦人のドレスのよう。

こんな素敵な洋風の二階建てに柳之助と住めるなんて、夢みたいだと小夜は思う。

「お風呂……沸かしましょうか」

口づけの合間に尋ねたのは、化粧をまだ落としていなかったからだ。

本宅を出るときに白無垢は流石に着替えてきたのだが、化粧はおろか結い上げた髪も解いていない。このまま床に入ったら、寝具を汚してしまう。

「そのままでいいのに」

不満げに言いながらも、柳之助は廊下の先へと小夜を導いた。

台所の奥が、風呂場らしい。

すると女中が沸かしておいてくれたのだろう。引き戸が開かれた途端、湯気が溢れてきた。

そこに見えたのは、唐草《からくさ》模様のタイルで飾られた壁面だ。丸型で大きめの浴槽に、明かり取りの窓には鮮やかな色硝子が配置されている。

「こ……これが、お風呂場ですか？」

圧倒されてしまう。石蕗邸も建て直されたばかりで風呂場は綺麗だが、木肌が剝き出しでもっと質素だ。これではまるで外国の宮殿ではないか。床にタイルを並べて描き出された花の模様など、踏むのも躊躇われるほどだ。

見惚れていると、後ろからつむじに口づけられた。

「一緒に入ろうか」

「え」

「湯船にはそこそこの広さがあるから、ふたりで浸かれるよ」

それはそうかもしれないが、本気なのだろうか。

おずおず振り返れば、柳之助は微笑んでいた。穏やかに口角を上げ、目を細めて。小夜はかすかに、その柔らかな表情に滲む甘い誘惑を感じ取る。

「そ、その……」

「嫌なら無理強いはしないけど」

「……嫌、では、ないです……」

頰を火照らせて俯いたら、くすっと笑った声がした。

「じゃあその化粧は僕が落とそう。隅々まで、全部、きれいにしてあげるからね」

少々首を傾けて覗き込まれると、搦め捕られたように動けなかった。

「じっとして」

泡だらけの手が、背中を滑って腰へと辿り着く。

冷たい石鹸を押し付けられているだけで鳥肌が立つのに、わざとそれをくすぐるように動かされ、小夜は壁にしがみついた状態で無防備な乳房を揺らし身悶えてしまう。

「りゅ、柳之助さま、あの……っ」

きれいにする、とは、顔だけの話ではなかったのか。小夜は騙された気分だった。

というのも、柳之助は浴室に入るなり石鹸を片手に迫ってきて、小夜の上半身を泡だらけにした。腰から上、首から下はすでに隅々までぬめっている。

これ以上、石鹸は必要ない。むしろ化粧を早く落としたい。なのに柳之助は、小夜の上半身をまさぐる手を止めない。

「動かないで。足が滑ったら危ないよ」

「っ……そうは、言いましても」

勝手に腰がくねってしまう。触れられているところがこそばゆすぎるのだ。せめて石鹸を押し付けるのをやめてほしい。

そう訴える前に、下から乳を摑まれた。石鹸は、お臍の周囲をつるりと伝う。

「あ、あ」

柳之助の両手が動くほどに腕は震え、足から力が抜けるのがわかった。

やめて、と言えばいいのに言えない。くすぐったいが、癖になりそうなほどいいのだ。淫らな愛撫がもっと欲しい。巧みな指に、まだ翻弄されていたい――。

胸の膨らみを摑んでは逃がし、泡を立てるように擦られて声が上擦《うわず》る。下腹部にぞくぞくとした期待感を覚えると、太ももが小刻みに震え出した。

「んん、ぁ、膝……が」

膝が折れそうだ。腕も限界で、いよいよ立っていられそうにない。

鼻声で「もう」と付け足すと、湯船の前に膝立ちにさせられる。腰を後ろに突き出す格好に戸惑えば、ふたつの乳房を後ろからぬるりと摑まれ――。

「危うく、ここを洗うのを忘れるところだった」

「ん、あっ、胸なら、充分……っ」

「ここだよ、ここ」

石鹸をちょん、と押し当てられたのは左胸の先だった。

軽く擦られて、あまりのくすぐったさにびくりと全身が硬くなる。

「あ、ヤぁ、待っ……そんな、ッん、う、っ」

石鹸はくるくると動く。

桃色の柔らかな蕾を泡に巻き込み、愉快げに弄《もてあそ》びながら。

「もうひとつ石鹸があればよかったね。ふたつとも、同時に気持ちよくしてあげられたのに。そうだ、今日のところは、片方は僕の指で我慢して？」

「っひ、つままない、でぇっ、あアっ、ぁああ、っだめ、だめぇ」

「こんなにあっという間に尖って、吸ってほしそうな形にして……ああ、こうして指を揃えて扱くと、僕が口でしゃぶっているみたいになるかな」

「ンァあ、っあ、あう……っ」

弄られすぎて、乳の先がおかしくなりそうだ。

首を左右に振って訴えたが、柳之助は聞かない。

すっかり硬くなった頂を石鹸で、あるいは己の指先でぬるぬると捏ね回し続ける。先端は乳房に押し込まれたり、軽く捻られながら引っ張られたりもした。

は、は、と絶え絶えに息をして、小夜は執拗な快楽をひたすら受け入れ続ける。

(お乳の先……じんじんして、熱を持ってるみたい)

吐く息が気の所為か、甘い。とろけた顔になっているのが、自分でもわかる。

締まりのない表情を晒すのは恥ずかしくても、我慢しきれなかった。

弄られてもいない下腹部が、もどかしさに切なく痺れ出す。蜜道は勝手にひくつき、太ももを生温かい液が滴っていく。乳首だけが、ただただ快くて——快くて。

「っは……ぅ」

だめ、と先ほど小夜は言った。何が、だめだったのだろう。思い出せない。

だって、こんなに気持ちがいい。このまま、すべて柳之助の好きなようにしてくれていい。

彼がしたいことをすべて、この身にぶつけてくれたら……どんなに気持ちがいいだろう。

「ンン……っ、ふぅ……う」

欲しがるように内襞《うちひだ》を蠢かせると、いっそう多くの蜜が溢れ、タイルに滴る音がした。恥ずかしい？　いや、こんな痴態も柳之助になら晒せると思う。

(見られたい……見てほしい。恥ずかしいところ、ぜんぶ)

すると、背後でかすかに唾を呑む気配がする。

直後、ひたりと蜜口に何かがあてがわれる。

「あ」

腰から下が、期待感に沸く。ああ、これだ。

しっかりと張り詰めた、雄のもの。嬉しい。

歓喜に口もとを緩めれば、雄杭はずるりと前に滑った。溢れていた蜜を纏い、割れ目をひと擦りする。しかし、突き込まれはしなかった。だから期待した刺激ではなかったのだが、それだけで小夜は、まるで全身を舐め回されたかのような快感を覚えた。

（いい……気持ちいい、これ好き、きもちいいの、好き……っ）

一瞬の閃光。

のち、花火のように視界が弾ける。

「ぅア、ァああ……っ！」

しなやかにのたうつ腰。腹部をビクビクと波打たせて、小夜は快感に呑まれる。

しばらくこんな営《いとな》みから遠ざかっていたから、押し寄せる怒涛《どとう》の愉悦を逃しきれなかった。

全身を駆け巡った悦《よろこ》びは、行き場をなくして頭の芯にまで染みてくる。

「ッぁ、ンンっ、は……ぁ、ア、う」

「快さそうなきみも、特別可愛い……。もっと擦ってあげるね」

「んヤぁ！　ァんっ、そんなに、したらぁ、あ、また、きちゃ……っ、うぁ、アぁっ」

「ああ、そんなに懸命に吸って、先走りまで持っていこうとして……そうだね。もう我慢する必要はないんだ。きみも、僕もね」

抗えない熱と、うっとりするほどの酩酊感……。

腰を跳ねさせながら倒れ込みそうになれば、柳之助の腕に抱き留められる。

「このままベッドまで攫いたいけど、泡だらけのままでは無理か」

低い声を耳にしたあと、小夜はしばし朦朧《もうろう》としていた。

顔を手拭いで洗われた気もするが、定かではない。

ぼんやりと、夢を見た。背中に羽が生えて、ふわふわと月に昇っていく夢だ。本当に妖精になったのかもしれない。いや、かぐや姫か。還《かえ》ってゆくようでもあり、新天地を探す気分でもあり、安堵と高揚が入り交じって――。

ふと気づいたときには、湯船の中だった。

「……ん……」

窮屈そうに曲げられた柳之助の膝の間に、大事そうに抱えられている。

彼の両手はゆったりと動き、白い肌を撫で、石鹸を落としているのだろうが、柔らかさや形を確かめるような手つきには、明らかな欲が見て取れる。

「気がついた？」

「は、はい。ごめんなさい、わたし」

「詫びることはないよ。悪いのは僕だし、気を失っている間、勝手に撫で回したし」

「えっ」

冗談めいた口調に飛び上がって、小夜は気付いた。腰のあたりに、重いものが押し当てられていることに。それは先ほどと変わらぬ、いや、さらに勢いを増した屹立だった。ずっとこうだったのだろうか。小夜は二度も弾けて意識まで失っていたのに。

（柳之助さま……）

たまらなくなって、両手を後ろにやる。辛抱強いそれを、そっと握る。指に馴染むしっとりとした硬さに、思わずため息が漏れる。

触れるのは、駆け落ち騒動の翌日以来だ。

今日は、焦らさずに挿れてもらえるだろうか。

思う存分、奥の奥まで打ち込んでもらえるだろうか。

「……欲しいの？」

欲しい。欲しいに決まっている。

素直に頷いたら、耳に唇を寄せて囁かれた。

「手加減してやれないよ。一度繋げたら、繋げたまま、何度でもきみの中に吐き出す。たとえきみが、もう無理だと言っても」

それこそ本望だ。

奥にたっぷりと注がれるのを想像したら、もう耐えきれそうになかった。

腰を浮かせ、お湯の中で屹立の先端を花弁に押し付ける。すでにとろけ、滑ったままのそこは、簡単に雄のものを受け入れられそうだ。

「ん、ん……っ」

「ちゃんと覚悟はできたの？」

「できてます……っ、あ、あ」

「ここでは危ない。湯船も床も硬いし、きみを傷つけてしまうかもしれない」

「それでもいい……柳之助さま、はやく、待てない……」

本能のままに淫部を擦り合わせていると、柳之助も我慢ならなくなったのだろう。はあっと荒い息を吐いて、苦しそうに口角を上げた。

「だめだと言っているのに」

まったく、とでも言いたげなぼやき。のちに、腰を摑まれ落とされる。質量ある塊が、いきなりずんっと体内に押し込まれ――。

「あ……‼」

やっと。

ずっと待っていた。欲しくて欲しくてたまらなかった形。

一気に押し広げられる襞が、圧迫感に喘ぐ腹部が、泣きたくなるほどにいい。

「ン、く……深いぃ、嬉し……い」

容赦なく奥まで突き立てられて、峻烈《しゅんれつ》な悦に息もできなくなる。

「……ッ……さよ、ちゃん」

柳之助にとっても、挿入の刺激は耐え難いものだったのだろう。

奥歯を噛み締めているような吐息が、背中にかかる。こそばゆく、生温かな……柳之助が快感を覚えている証だ。そう思ったときすでに、限界は目の前だった。

「ツア、ぁ、わたし、きちゃ……っ、くる、すごいの、きてる、ぅ」

ぶるりとかぶりを振り、小夜は弾けた。

「あっあ、っひァ、ああ……ぁ、う」

激しく痙攣する内壁が、柳之助のものを遠慮なく吸い上げる。

頑なな雄茎に押し返される感覚も、もっと達けとばかりに奥を擦られるのも、幸福そのものだった。甘みさえ感じる愉悦の波は、永遠に味わっていたいほど。

（いつもより、硬くて、狭いの、いい……っ）

さらなる快感を求めて、小夜は身体を返す。自ら跨る格好になり、たくましい首にしがみつく。汗ばんだ背中が、わずかにひやりとして掌に心地いい。

そこで柳之助は、いきなり立ち上がった。

小夜を繋げたまま、担ぐようにして、だ。

一瞬、驚いて声を上げた小夜だったが、すぐに戸惑っている余裕はなくなった。なにしろ、いきり立ったものを、ずっぽりと咥え込まされている。

一歩一歩、あるいは階段を一段一段、柳之助が進むたびに奥を突かれ、内側が擦れる。我慢できずに幾度か弾け、寝台に寝かされたときには完全に堕《お》ちていた。

「さよちゃん……ああ、こんなにグズグズになって」

「は……ァ、ぅ」

「歓迎してくれてるんだね。中の動きで、よぅくわかるよ……」

グリグリと行き止まりを撫で回されても、恍惚と天井を見上げるばかりだ。

覆い被さってくる柳之助は、微笑みながらも肩で息をしている。単なる息切れではなく、本能が昂りきって抑えきれないというふうな。

「さよちゃん――、僕の、小夜」

屹立を内包した下腹を、軽く撫でられる。

「金輪際、辛抱強いふりはしないから」

最奥《さいおう》を無理やり押し上げて、それは勝鬨《かちどき》を上げるようにわなないた。


白む空――寝台はまだ、怖いくらいに軋んでいた。

乱れてうねるシーツは、みるみる形を変えながら陰影を濃くしていく。窓の外が、明るい。

「……ぁ……」

小夜の声はすっかり嗄《か》れていた。しかし快感は止まらず、行き止まりをガツガツと突かれても、襞を荒っぽく擦られても、弾けるばかりだ。

胸の先を弄られればびくびくと感じ、口づけのときは、柳之助の舌を健気に吸って応えもした。

なんという幸せ――。

「ッ、いく、よ」

特に小夜は、内に吐き出される瞬間がひときわ好きだ。やましいもののように打ち捨てられていたものを、大事にしていい。大切に思うことを、後ろめたく感じなくてもいい。まるでふたりの関係そのもののようで。

「ん、いっぱい、いっぱい、欲しぃ……」

接続部の襞をわざとひくつかせ、ねだる。

刹那、内部に広がる熱を感じたが、その鮮やかさは最初ほどではなかった。胎内がもはや、柳之助の種で満たされているからだ。ひと突きされるたび、それが粘質な音を上げて溢れ出してしまうくらいに。

「う……、上手に絞るね、さよちゃん。まだ、足りない？」

「ツア、ぁ、もっと……飲ませて……え」

「もちろん、そのつもりだよ」

応えてなおも硬さを取り戻し、柳之助は腰を振り続ける。

結局、解放されたのは昼近くになってからだ。小夜は崩れるように眠りに落ち、意識を取り戻したのは夕方だった。

「ん……」

茜色に染まるモダンな洋室を見回し、ここはどこかしらとぼんやり思う。ああ、新居だ。昨晩祝言を挙げ、結婚したのだ。一瞬あとに、そう思い出した。

ふいに、喉が張り付く。水が飲みたい。思えば昨日から、何も口にしていない。そうして台所へ行こうと身体を起こした途端、小夜はびくりと動きを止めた。

蜜口から、どろりと生温かいものが溢れ出したからだ。

「ッ、あ」

すぐに両手で押さえたが、止められなかった。栓を抜いたようにそれは溢れ、シーツへと滴っていく。新品の寝具が汚れてしまう――焦る。

格闘していると、柳之助の瞼が開いた。脚の付け根を押さえてもぞもぞしている小夜を眠そうに見て、どうしたの、と問うてくる。

「え、あ、なんでもないです」

「もしかして、物足りなかった？」

「まさか！　その、あの、とても満足しています……」

赤面しながら告げたら、嬉しそうな柳之助に抱き寄せられた。

「おはよう、僕の奥さん」

「……奥さん」

「そう。結婚したんだから、奥さんだ。そうだろう？　おはようと言うには、ずいぶん遅い時間みたいだけれどね」

微笑んで額をくっつけられると、ちゅ、と唇も啄まれた。鼻先にも、頬にも、こめかみにも戯れのキスを贈られて、じわじわと込み上げてくる幸せに溺れそうだ。

「これからどうする？　お風呂でも沸かそうか？　いや、その前に何か食べないといけないね。いい加減、空腹も限界だ」

「あ、わたし、何か作ります。材料、何かあるでしょうか」

「いや、今日のところはまだ寝てて。無理をさせてしまったからね。母屋《おもや》に行って、何か食べられるものをお願いしてくるよ。ほかに、何か欲しいものはある？」

「お気遣いありがとうございます。その、お水が飲みたくて、それで台所に下りようと思っていたのですけど……」

起き上がれなくなってしまって。

呑み込んだ続きの言葉を、柳之助は察したらしい。

「ああ、うん、わかった。それも用意するから、ここで待ってて」

寝台を下りた柳之助は簡単に服を身につけ、シャツの釦を留めながら階段を下りていく。窓の外から母屋へ向かう足音が聞こえる――間もなくして戻った柳之助の手には、螺旋模様の描かれた洒落た青いグラスが握られていた。

受け取ると、注がれた水がぴかぴかと宝石のようにきらめく。

ただの水なのに、特別な味付けでもされているみたいだ。渇いた喉に沁みるほど美味しくて、一気に飲み干してしまった。

「……なんだか、架空の世界にでもいるみたいです」

「うん？」

「久我原家にあるものは、グラスひとつとってもわたしには未知の物で……」

街中で見掛ける『洋風』よりもっと本格的だ。というより、実際に本物なのだろう。この屋敷の中は、日本における小さな西洋といった感じがする。

小夜はそう思ったのに、寝台の端に腰掛けた柳之助には別の思いがあったらしい。

「確かに架空だよね」

と、少々呆れたふうに笑う。

「わざわざ輸入家具を並べたところで、洋『風』の枠を出ないというか、和を捨てきれないというか。父はあの母屋、英吉利の邸宅そのものだと思っているけど、僕から見ればもどかしいよ。明らかに詰めきれていないから」

「詰めきれてない……？」

「そう。シャンデリアは部屋ごとに年代が違うし、食堂の椅子なんて南方の島国で作られたものじゃないか。欧羅巴《ヨーロッパ》の人から見たら、亜細亜《アジア》各国のイメージが一緒くたになっている感じかもしれないね」

小夜が目を瞬いていると、柳之助はおかしいと思ったらしい。首を傾げて、言った。

「あれ？　そういう意味の『架空』じゃなかった？」

「ち、違います。わたしは、日本にいるのに海を渡ってきたみたいだなって。小さな海外が、日本の中にあるような感覚で……違うんですか……？」

「ううん、海外という大きな括りで考えるなら、また然りって感じかな。あ、そうだ。母屋の壁や天井に、立体装飾が施されているだろう。あれは海外の石膏細工を真似て、漆喰を塗り固めたものなんだ。本来なら型を取って複製するところを、日本の職人には同じ技術はないから、ひとつひとつ手作業でね」

「同じものに見えても、まったくの別物ってことですか」

「そういうこと」

知らなかった。

驚きとともに、小夜は己の無知さを思い知った気がした。想像だけでは、追いつかない。本で読むくらいでは、まだ足りない。井の中の蛙《かわず》とは、こういうことか。

「じゃあ本物って、もっともっと、すごいんですね……？」

「もちろん。空の広さも、海の青さも、建築物の壮大さも、考え方もね」

「見て……みたいです」

自然と、そんな言葉が零れ出た。

憧れを憧れのままにしたくない。できることなら、この目で見てみたい。己の足でその土地を踏み締め、実際に触れて、圧倒されてみたい。

そう思えたのは、初めてだ。

「わたし、行ってみたいです。海の向こうへ、柳之助さまと一緒に」

身を乗り出して言えば、柳之助は泣きそうな顔で目を細め、そして大きく頷いた。

「必ず行こう。僕が、案内する」

食卓についたのは、日が完全に落ちてからだ。

明るい電灯の下、離れていた時間を埋めるようにふたりは夢中で語り合った。

最近経験した愉快なこと。覚えた料理。任された仕事。これからしてみたいこと、行ってみたい場所、食べてみたいもの、見てみたい景色――。

どんなに語っても語りきれず、床に入ったのはやはり真夜中になってからだ。

寄り添って布団に包まると、空想はひときわ鮮やかに、匂い立つほど豊かに、しかしぼんやりと輪郭を滲ませて、小夜の脳裏を駆け巡るのだった。

エピローグ

「ご無沙汰しております、学校長先生」

「おお、これはこれは谷敷先生！　いや、久我原先生でしたかな」

数週間後、結婚生活が軌道に乗ってきた頃に、柳之助は女学校を訪ねた。

新妻である小夜を連れ、結婚の報告をするために、だ。

谷敷と名を偽っていたことは、事前に詫びを入れてある。谷敷本人をせっついて、謝罪に来させたのだ。教授からも搾られたらしいが、自業自得だろう。

喜んで迎えてくれた学校長は、小夜の手を取ってブンブン振り回した。

「小夜さん！　本の虫の小夜さん。ご結婚、おめでとうございます」

「ありがとうございます、学校長先生」

「いやはや、驚きましたよ。小夜さんが伯爵子息から求婚されているという話は新聞で読んで知っていましたが、その相手が谷敷……いえ、久我原先生だったとは！」

そんなふうに言われると、有名人になったようで照れ臭い。いや、実際、有名ではあるのだが。今でも夫婦で街に出れば、見物人が集まってくるほど。

実はこの学校の図書室が出逢いの場なんです、と伝えると、校長はますます喜んでちょび髭を撫でた。

「そうでしたか、そうでしたか。学生相手となると問題ですが、卒業生ですから何も問題はありません。こうしておふたり揃って会いに来てくださり、嬉しい限りです」

「こちらこそ、久しぶりにお会いできて嬉しいです」

「ささ、おふたりとも奥へどうぞ。お茶でも淹れましょう」

招かれた会議室で長椅子に座り、近況報告と相なった。

学校長からは、女教師が増えた話、生徒増に伴ってこの夏に改築が行われる話を。柳之助からは、小夜との結婚後の生活や、海外への赴任を希望しているという話をした。

「ほう、では小夜さんは寂しくなりますね。新婚なのに、海外赴任とは」

「いえっ。わたしも、一緒に行くつもりです」

「なんと！　勇ましいではないですか」

和やかに話していると、ややあって着物姿の女性がお茶を運んできた。臨時教師として出入りしていた頃、柳之助にしつこく言い寄ってきていた例の女教師だ。

ガチャンと、雑に湯呑みを据えられた。

小夜の前にも同様に、だ。

最初からできていたんでしょ、とでも言われている気になる。

相変わらず、小夜以外の女性は苦手だ。執拗に迫ってくるか、悔し紛れに罵《ののし》ってくるか、どちらにせよいい思い出などひとつもない。と言っても結婚した以上、露骨に迫ってくる相手は減ったし、既婚者だからと断りやすくはなったのだが。

すると女教師が去った途端、小夜がいきなり腰を浮かせた。

「あの子……」

その目は窓の外に釘付けになっている。

視線の先を辿ったものの、柳之助には小夜が何を目撃したのかわからなかった。

「さよちゃん」

どうしたの、という問い掛けに重ねて、小夜は早口で言う。

「すみません、少々席を外します！」

そして言い終わらないうちに、廊下へ駆け出して行った。

失礼、と学校長に断って、柳之助はすぐに後を追う。放ってはおけなかった。小夜の反応は、学生時代の友人や後輩を見かけた、という程度には思えなかったからだ。

（一体、何を見た？　何を追っている？）

会議室から廊下へ、廊下を校舎の奥へと、小夜の足取りは飛ぶように軽やかだ。あの細い身体の、どこにこんな力が眠っていたのかと感心してしまうくらいに。

やがて校舎を抜け、渡り廊下へ出たところで、柳之助は前方に小さな人影を見つけた。子供だ。せいぜい五つくらいの少女……「あ」と思わず声が漏れる。

見覚えがある。あの子は——。

柳之助が教壇に立っていたとき、窓の外から熱心に中を覗き込んでいた子供だ。てっきり生徒の誰かの妹だと思っていたが、違ったのだろうか。

「ちょっといいかしら」

小夜が柔らかい声で話し掛けると、少女は飛び上がった。咎められるとでも思ったのかもしれない。凍りついたような顔でパッと背を向け、一目散に駆け出してしまう。

すかさず、先回りする。

「おっと」

痩せ細った身体は、柳之助の腹に突っ込んで止まった。

「ご……ごめんなさい、ごめんなさいっ」

今にも泣き出しそうな声だ。顔を両手で庇っているのは——もしかして、殴られるのを警戒しているのか。

「あ、いや、そんなに怯えなくても」

柳之助が焦っていると、小夜がスッと少女の横にしゃがみ込んだ。

「大丈夫よ。誤解しないで。わたし、あなたを叱りに来たわけじゃないわ」

目を合わせ、にっこりと笑う姿は、いっときでも教師だった柳之助よりずっと教師のようだ。

「以前、二階から見かけてずっと気になっていたの。少し、お話ししてもいい？」

「お話……？　ほんとうに、叱らない？」

「本当よ。ねえ、文字はどこで習ったの？　尋常小学校は今年からかしら」

「ううん、まだ……。小学校の授業、盗み見て覚えたの。それで、だいたい覚えてしまったから、上の学校を見に……」

「まあ、すごいわ！　お勉強、好きなのね？」

問いかけに頷くかと思いきや、幼い顔はサッと青ざめた。

「お……お父ちゃんには言わないで。お願いっ。畑仕事を抜け出してここにいるだけでいけないことなのに、女が賢くなるなんて、お父ちゃんは許してくれない」

つまり少女は理不尽な環境の中で、それでも学びたいともがいているのだろう。

世の流れは非情なほどに緩やかで、どんなに高らかに叫んでも急激に環境を変えてはくれない。より多くの者にとっての暮らしやすい社会が実現するのはいつの日か。

考えると、気が遠くなる。

「安心して、絶対に言わないわ」

すると小夜は幼子の小さな手を、両手でぎゅっと握った。

「告げ口なんてしない。天に誓って、約束する」

「……っ、絶対、絶対よ」

「ええ、絶対。約束するから、ねえ、学ぶことを諦めないで」

力強く言われて、少女は瞳を揺らす。

「学校長先生には、わたしから、これからも授業を見学できるようお願いしておく。もしお父さまに止められるようなことがあれば、別の手段を一緒に考えましょう」

「いいの……？」

「ええ。誰に何を言われようと、わたしがあなたの味方になる。だってあなたが大人になる頃にはきっと、今よりずっと女性の活躍の場が増えているはず。あなたのその賢さを、皆が必要とする日が必ず来るわ」

その横顔はみずみずしく希望に満ち、いつにも増して清らかだ。内側から温かく発光しているようにも見えて、思わず柳之助は目を細めた。

(そうか。きみにはそんな世界が、思い描けるようになったんだな)

以前は、可愛らしく健気な雰囲気だったはずだ。いつから小夜はこんなふうに芯の強さを垣間見せる、気高い人になったのか——。

見惚れていると、ね、といきなり水を向けられて、柳之助はどきっとする。

「柳之助さまも、そう思いますよね？」

「う、うん、そうだね」

「そうだ！　わたし、いいことを思いついちゃった。群を抜いて才のある子供たちを集めて、学びの場を提供するのはどうかしら。学校で学ぶような内容だけじゃない。得意分野で活躍できる道を、早いうちから示すようにするのよ。未来がひらけているのなら、親御さんたちも学びの大切さを理解してくれるかもしれない」

突拍子もない発想だが、意気揚々と言われると実現できる気がしてしまう。

いや、不可能であるはずがない。

想像できることは、たいてい、叶うものだ。

「そうと決まったら、草案を作らなきゃ。お義父さまにも相談しましょ」

勢いよく立ち上がった小夜は、思い出したように身体を屈めて「またね」と少女に告げる。

困ったときは石蕗家か久我原家を訪ねるのよ、とも。

「行きましょう、柳之助さま」

「いや、さよちゃん、学校長先生がお待ちだよ」

「あ、いけない、うっかりしてた！」

思い出したように小夜が目を丸くすれば、教室の窓がバンっと勢いよく開いた。〈谷敷先生ぇ、と黄色い声を上げて、女生徒たちが転がり落ちる勢いで殺到する。

（まずい。彼女たちの存在を忘れていた）

このままではもみくちゃにされる。

縮み上がる柳之助の手を、小夜が奪うように摑んだ。勢いよく引っ張られ、一瞬、つんのめりそうになったものの、どうにか同じ速度で駆け出す。

しなやかな背には、野次をものともしない、美しい羽が生えているようだ。

柳之助にはそのささやかなはばたきが、遠く、海の向こうまで伝播していく未来が見えるようだった。

あとがき

お久しぶりです、斉河燈《さいかわとう》です。ここまでお付き合いいただき、ありがとうございました。

久々の時代もの、大正ものです。もう何年ぶりですかね。

なんだか急にまた食指が動きまして、着手させていただきました。

作中では明言していないのですが、だいたい一九二〇年くらいをイメージしています。

年表と睨めっこ、図鑑や自治体のホームページや古地図と睨めっこしながら、やっぱり調べ物は楽しいな、このためにお話を書いている部分もあるなあ、なんて思いました。

調べるうちに頭の中がピースで埋まって、目指す世界が見えてくる感じが、私はとても好きです。


さて。

時代ものに取り組むとき、毎回のように迷うのは、主人公の感覚をどっちに振るか、です。

つまり完全に前時代的な考えで、妻は夫の三歩後ろを歩く！　という古風な性格にするか、それはおかしい！　という現代的な感覚の持ち主にするか。

古風すぎると受け身に徹しすぎて感情移入しにくいし、現代的すぎても時代ものである意味がなくなってしまうし。かといってその意味にあまりこだわりすぎても柔らかい部分がなくなってしまう感じがして、うんうん唸りながら毎回奮闘している次第です。

もちろん話の雰囲気にもよるのですが。

この手のジャンルは桃色シーンが入るので、その艶を邪魔しないのが大前提なんだろうと頭ではわかりつつも、匙加減をスパッと決められたことはないです。

と、いうような悩みは、なんだか初めてあとがきに書いた気がします。

今までは、これだけ長いお話を書いておきながらあとがきで補足するのも申し訳ないし……と己に言い訳しつつ、そこのところを語るのはさりげなく避けていたりしました。

創作にあたってのありようというか、立っている場所みたいなものを語ってしまうと、身動きが取れなくなってしまう気がして、腰が引けてたんですよね。

しかし昨年体調を崩して入院し、なんとなーく、そういう部分がほぐれた感じがしました。生きているうちだからできる的な。いや、死に直結する病とかではなかったんですが。

そろそろウザくなってきましたかね。ええと、話を変えます。

この話に取り掛かるにあたり、編集さんが新しい方に変わりました。

今までお世話になったSさん、本当にありがとうございました。長年、ビシビシと容赦ないご指導をいただいていたので大変寂しいです。

そして新たに担当してくださることになったIさん、こんな絹豆腐メンタルの斉河ですが、今後ともどうぞよろしくお願いいたします。


あとは最後に、恒例の裏話を。

柳之助の職業は、当初、鉄道マンにする予定でした。

プロットを書く前段階まででですが。

新幹線を作った方々の話に触れる機会がありまして、なんか迸る！　と。

しかし、そこに尺を取られて恋愛ものとしては機能しなくなりそうだったので諦めました。

いつかはやってみたいです。


そしてそして。

今回、色気が滴ってきそうな艶っぽいイラストでカバーを飾ってくださった天路《あまじ》先生、本当にありがとうございました。主役二人はもちろんのこと、襖絵まで……！

素晴らしすぎます。

しっとりした雨の空気感がまた、たまらないです。

最後に、ここまでお付き合いくださった皆さまと、出版社さま、編集さま、デザイナーさま、取次さま、書店さま……その他本書に携わってくださったすべての皆さまに心より感謝申し上げます。

またいつかお会いできることを祈って。

二〇二四年　七月吉日

斉河燈　拝

ルネッタブックス

オトナの恋がしたくなる♥

初めて会った時から、君は俺にとって特別だった

「運命の伴侶」に巡り合った二人の執着愛の先には――!?

ISBN978-4-596-71505-0　定価1200円＋税

最強御曹司は私を美味しく召し上がりたい

KOMITO KASUKABE

春日部こみと

カバーイラスト／御子柴リョウ

見知らぬ男に襲われたところを、自社の社長である千早に助けられた天涯孤独の真麻。じつは千早は人よりもあらゆる面で優れた〝まほら〟の一族の純血で、真麻はまほらの好物の匂いを発する〝桃蜜香〟の持ち主だという。桃蜜香の秘密を解明するため、同居することになった二人だけど、まほらの食衝動を抑えるため千早と体液を交わし合うことになり…!?

ルネッタ🄻ブックス

秘めし恋、燃ゆ
～大正浪漫ジュリエット～

2024年11月25日　第１刷発行　定価はカバーに表示してあります

著　者　斉河 燈　©TOH SAIKAWA 2024
発行人　鈴木幸辰
発行所　株式会社ハーパーコリンズ・ジャパン
東京都千代田区大手町 1-5-1
04-2951-2000（注文）
0570-008091　（読者サービス係）
印刷・製本　中央精版印刷株式会社

ISBN978-4-596-71730-6

※この作品はフィクションであり、実在の人物・団体・事件等とは関係ありません。